Pfaffenmilch
Die ungenießbare und die genießbare Variante

*Für Sonja
in dankbarer Erinnerung
an viele, schöne Erlebnisse im
Berchtesgadener Land,

Martin
(Exkollege)*

Widmung

Dir, meiner geliebten Oma Klara, mei gut Omasche, widme ich mein Büchlein mit den Erzählungen über Dinge, von denen mir so manche erspart geblieben wären, hätte ich auf Dich gehört!

Dir, geliebter Heiliger Johannes Nepomuk, vertraue ich alles an, was ich erlebt habe, Gegenwärtiges sowie Zukünftiges. Besonders aber vertraue ich darauf, dass die geschilderten Dinge nicht falsch verstanden werden und damit blankes Entsetzen entsteht, sondern meine Glaubens- und Lebensfreude ein wenig ansteckend sein wird und die Oberhand behält. So bitte ich Dich ehrfürchtig um Deine mächtige Fürsprache für meine geringen Belange!

Marzoll in Oberbayern, am Fest des Heiligen Johannes Nepomuk 2010

Markus Enders

Pfaffenmilch

Die ungenießbare und die genießbare Variante

Wahre Erlebnisse aus dem Alltag eines
homosexuellen Organisten, der viel zu oft
auf verkorkste Priester stieß

Bibliografische Information der Deutschen Nationalbibliothek
Die Deutsche Nationalbibliothek verzeichnet diese Publikation
in der Deutschen Nationalbibliografie; detaillierte bibliografische
Daten sind im Internet über http://dnb.d-nb.de abrufbar.

Impressum

ISBN-13: 978-3-8370-8940-0

© 2010 Markus Enders. Alle Rechte vorbehalten.
Fotografien: Markus Enders, Familienalbum
Layout Sektflaschenetikett: Druckerei Pfund, Alzey
Lektorat: Daniela Brotsack, www.exlibris-d.de
Herstellung und Verlag: Books on Demand GmbH, Norderstedt

Einleitung

Meine Erzählung beinhaltet Vorfälle wie meinen eigenen Kindesmissbrauch im Alter von 10 Jahren, viele Erlebnisse mit verkorksten Priestern und solchen, die besser kein Priesteramt übernommen hätten, ein wenig Familiensaga mit Episoden meiner lieben Oma Klara und meine Lebensreise von Rheinhessen über Mallorca bis ins Berchtesgadener Land zum Finale mit der Diskriminierung meiner Person Ende September 2009.

Ich bin mir nicht sicher, ob mich all diese Erlebnisse nachhaltig geprägt haben, und ob ich gegebenenfalls ein anderes Leben geführt hätte, wenn ich diverse Erfahrungen nicht hätte machen müssen, sei dahingestellt! Eines jedoch ist mir unverändert geblieben: mein Glaube an Gott, der mich von Tag zu Tag erfüllt und mein zuckersüßer Katholizismus, der mir schon so manche Freude und Erfüllung geschenkt hat – besonders aber die Liebe, und der besondere Schutz des geliebten Heiligen Johannes Nepomuk, unter dessen Protektorat ich mich selbst und mein Leben gestellt habe.

Alle erwähnten Personen hat es in meinem Leben gegeben. Zum Schutz derselben habe ich alle Namen geändert und die Schauplätze oft etwas auf der Landkarte verschoben. Auf diverse Personenbeschreibungen habe ich verzichtet, da diese Menschen sonst zu leicht zu erkennen wären. Schließlich möchte ich hier niemanden diskreditieren, sondern nur meine Erlebnisse möglichst genau wiedergeben.

Mein Buch soll keine Anklage sein gegen die Kirche, den Glauben oder das Priestertum. Ich liebe die heilige katholische Kirche zu sehr, als dass ich mir erlauben würde, eine Anklage zu erheben. Vielmehr weise ich auf Fehlverhalten derer hin, die sich gerne unter dem Deckmantel des Glaubens tarnen, anderen Wasser predigen und selbst nur teuersten Wein trinken und sich, wenn's gilt, die Bäuche vollstopfen.

Auch kann ich zum Thema Kindesmissbrauch nicht sehen, dass da eine Kampagne gegen die Kirche stattfinden würde. Mich hat bis heute niemand angesprochen, ob ich gegen die Kirche in irgendeiner Weise Lust hätte, zu opponieren!

Darum geht es auch nicht. Es sind Straftaten begangen worden, welche aufgeklärt werden müssen – seien diese verjährt oder nicht! Im Übrigen hat sich seitens der Diözese Mainz bis heute kein Mensch um mich gekümmert, nachdem ich die Missbrauchsgeschichte dem zuständigen Justiziar berichtet habe. Eine Entschuldigung von der Diözesanleitung wäre charakterlich gesehen doch wohl das Mindeste gewesen. Zumal für eine Institution, die Moral und Anstand scheinbar für sich gepachtet haben will.

Vielen Lesern sind so manche Geschichten um katholische Priester bekannt, oder auch nur Gerüchte um selbige. Aber ich denke, es wird den einen oder anderen von euch mal interessieren, was da im Alltag eines schwulen Organisten so alles abgelaufen ist und wie viele Priester so ticken.

Ich konnte mir trotz allem, was passiert ist, meinen rheinhessischen Humor bewahren!

PFAFFENMILCH

Die ungenießbare und die genießbare Variante

Wahre Erlebnisse aus dem Alltag eines homosexuellen Organisten, der viel zu oft auf verkorkste Priester stieß

Autor und Protagonist
Markus Enders

Inhalt

Widmung	2
Einleitung	5
Inhalt	9
Erinnerungen an meine Familie und kleine Geschichten über die Hausahnen	11
Pfaffenmilch, die „ungenießbare" Variante	20
Unsere alte Pfarrkirche	23
Fernsehabend der Familie und Nacktszenen mit Oma Klara	25
Der Herr Kaplan	27
Schwester Clementine	34
Der peruanische Höhenflieger	38
Charisma macht nicht menschlicher	42
Outfit und „Körperpflege" der Geistlichkeit im 21. Jahrhundert	45
Der homosensuelle Priester	47
Geistesblitz am Lenkrad	51
Triebige Beichtende	53
Perverse Gesten, Zungenspielchen und Kalbsfleisch	55
Eutropia – Raubzüge mit heiliger Absicht	57
Contra naturam – Gegen die Natur	59
Buhlende Seminaristen und Telefonsex mit „Forelle Müllerin"	60
Immer nur eins: SEX	64
Knackige Brüder und die „Bumsweiber"	65
Reginalds Finale	67
Priester – Puff – Penetration	69
Die Wormser Blasmaschine	71
Gabor Balaton, die heiße Gulaschkanone aus der Puszta	73
Die protestantische Sackratte	77
„Mucho trabajo, poco dinero"	78

Haec dies quam fecit dominus – Alleluja	80
Hl. Hieronymus, Altes Testament und Kirchenglocken	81
Die Bedrängnis der „Nougatmumu"	85
Patrona Bavariae – ich komme	86
Das Bett des Seligen Kaspar, Regis Besuch und die frommen Nutten	89
Trips mit Karin zu den heißen Stränden der Hl. Euphemia	90
Mein Lieblingsheiliger, Johannes Nepomuk, ruft sich in Erinnerung!	93
Blaue Seiten und das Testwort „Destructio"	95
Nächtlicher Überfall der Rüsslschwester	97
Der Schamane	99
Heimsuchung durch Dämon Sputnik	101
Das Zentrum katholischer Machtansprüche und barokkaler Entfaltung oder: Meine Erlebnisse in Salzburg	103
St. Sebastian peu à peu	107
„Hol mir mal die Lotte raus"	112
Der Sünder mit den Schnallenschuhen	114
Guillaume Marie Joaux	117
„Tantum ergo", „Nehmt Abschied Brüder" und „Die Fahnen hoch"…	118
Ausgeschlossen: „Homosexueller Organist darf nicht spielen"	123
Kann man Jesus mit einer Schinkenplatte beleidigen?	124
Pfaffenmilch, die „genießbare" Variante und meine Hoffnung	125
Resümee	126
Lieder zu Ehren des Heiligen Johannes Nepomuk	131
Abspann – die lustigsten „Vertipper" in diesem Manuskript	133

Erinnerungen an meine Familie und kleine Geschichten über die Hausahnen

Wundervoll war es für mich, auf unserem alten rheinhessischen Gehöft, dem Compa`schen Hof auf dem Spitzenberg im Dorf Freimersheim hinter der Warte mit meinen drei Schwestern, den Eltern und den Großeltern aufzuwachsen.

Das Problem, das ich mit meinem Vater hatte, war damals noch nicht so im Vordergrund. Es prägte sich in meine Seele ein und sollte sich erst in späteren Jahren als ein Problem in Bezug auf Partnerschaften erweisen. Aber dazu später.

Jeder hatte so seine Aufgaben in Haus und Hof, Feld und Garten zu verrichten, sonst wäre ein Leben mit acht Personen unter einem Dach auch eher die Hölle gewesen. Was nur manchmal einen höllischen Vorgeschmack gab, war, wenn unsere Mutter fast am Ausrasten war aus Sorge: um ihre Einkäufe, die Riesenmenge an Wäsche, die ungeputzten Fenster, die noch nicht gewechselten acht Bettenüberzüge, das Bohnern der Flurböden – oder den Schrecken über ein kleines Chaos in der Küche, weil Oma Klara da gerade Hefeteig ansetzte und zwar in einer Menge, die sich heutige Haushalte nicht so recht vorstellen können. Trotzdem, unsere Mutter hatte letztendlich ja doch alles immer bestens im Griff und auch das Chaos, das Oma gerne in der Küche veranstaltete, war halb so wild und wurde bald wieder beseitigt.

Würde ich doch gerne heute noch einmal dieses Chaos miterleben und ein Stück ihres leckeren Zwetschgenkuchens essen können, oder überhaupt eines der wundervollen alten rheinhessischen Gerichte, besonders auch die Mehlspeisen, die heute kaum eine Hausfrau mehr hinbekommt. Ja, manche dieser Gerichte sind mittlerweile ganz aus dem Leben verschwunden! Vielleicht wäre das ein Anlass, aus Omas und auch Ur-Omas Rezepten ein Kochbuch der Superlative zu schreiben.

Opa Peter hatte in der Familie eher die Rolle, die in der Heiligen Familie dem lieben Heiligen Josef zugeordnet war. Immer etwas im Hintergrund, aber einfach da! Nach dem Frühstück verschwand er mit dem Traktor auf dem Feld, kam zum Mittagessen, fuhr dann wieder aufs Feld, um dann am Nachmittag zu einem kleinen Kaffeklatsch mit Marmeladenbrot in der großen Bauernküche zu sitzen.

Überhaupt war das laut Oma Klara eine Sache, die Opa eingeführt hatte, nachdem er aus dem etwas entfernt liegenden Dorf Hackenheim bei Bad Kreuznach nach Freimersheim einheiratete. Er war auch sehr große Menschenansammlungen bei Tisch gewohnt, da er selbst zehn Geschwister hatte.

Oma war von großen Tischgelagen nicht sehr begeistert, saß aber trotzdem gerne mit dabei und tunkte ihren trockenen Hefekuchen aus Vortagen fleißig in den Kaffee, wobei ich immer dachte: „Hoffentlich sieht das unsere Mutter Rita nicht, die bekommt sonst wieder einen Tobsuchtsanfall!"

Die schönsten Erinnerungen habe ich an die aufziehenden Gewitter. Oma wurde immer hektischer und holte alles Brauchbare an Eimern, Gießkannen und sonstigen Gefäßen aus den Wirtschaftsräumen, um diese zum Auffangen des kostbaren Regenwassers parat zu haben. War das Unwetter erst mal da, so gab es für verschiedene Dinge keine Chance mehr.

Unter Omas Aufsicht mussten alle nur denkbaren und auch erreichbaren Stecker gezogen werden, keiner durfte mehr aus dem Fenster schauen, geschweige denn etwas essen, trinken oder unnützes reden. „Es lieb Herrgottsche zankt", so war ihre Rede und wir hatten uns alle zu fügen und in Stille, oder auch in Gebet, bei einer brennenden Kerze im Zimmer auszuharren.

War ein Gewitter während der Nacht, so mussten alle, oder wenigstens die, die sowieso wach geworden waren, durch Omas Stecker-rausziehen-Aktion, auch aufstehen, um ein gutes Ende abzuwarten. Ganz aufgeregt schaute sie immer wieder nach, ob das Gewitter schon über den Rhein hinweg gezogen war, oder ob es von dort wieder zurückkehrte, denn das war ein schlechtes Omen und brachte schon so manches Hochwasser der Vergangenheit in unser Dorf und das Tal des Aufspringbaches, das auch der Kühle Grund genannt wird.

Oma Klara

Sie ließ sich nicht aus der Ruhe bringen und rannte im strömenden Regen fleißig im Hof herum um ihre ganzen Gefäße an einer Regentonne aufzufüllen. Dauerte ein Wetter länger, dann kamen alte Geschichten in ihr hoch aus vergangenen Zeiten, die mich ja immer schon faszinierten.

Dass ihr Vater im Alter von 25 Jahren die neue Scheune bauen ließ und kurz nach Beginn der Arbeiten an den Außenmauern immer wieder ein Teil zusammenbrach, das war interessant. Warum brach das alles immer wieder zusammen? Unter unserem Gehöft verläuft ein alter unterirdischer Gang, der zur Aufspringmühle führt, an ein Areal, das man bis heute „Schlosswiese" nennt. Da konnte einem schon auch die Fantasie durchgehen und sich alte vermauerte Zugänge, oder diverse Funde im Boden in die nächtlichen Träume schleichen.

Oma hing sehr am Hof, ihrem großen Bauerngarten und auch an der Landwirtschaft. Hatte sie doch auch immer erwähnt, dass sie in den Zeiten vor dem Krieg und auch noch danach oft alle Arbeiten alleine hatte machen müssen, oder auch gemeinsam mit ihrer herzkranken Mutter

Emma. Pflügen mit den Pferden, oder auch – wenn keine zur Verfügung waren – mit den Ochsen, vor denen sie keine Angst hatte. Ich denke heute, es war eher so, dass die Ochsen vor der resoluten Oma Klara Angst hatten!

Sie hatte alles getan, um den Hof zu erhalten und dann kam Opa Peter, dessen erste Aktion ein Aufräumen auf dem alten Dachboden gewesen sein musste. „Bu", so sagte sie oftmals, „der hat alles, was man hätte noch gut brauchen können, aus dem Speicherfenster in den Hof geworfen; so ein Kalb!"

Was Opa damals nicht entsorgt hatte, dem rückte in späteren Jahren unsere Mutter zu Leibe. Wer will schon alte Sachen auf einem verstaubten Dachboden, auf dem früher der Hafer gelagert wurde?

Und der Dachboden, oder Speicher, wie er bei uns genannt wurde, war das Höchste in der Kindheit. Ihn – wenn die Luft rein war – zu entdecken, war immer mit einem Glücksgefühl verbunden. Doch die unentdeckte Zeit dort war immer nur von kurzer Dauer.

Doch es taten sich für einen Jungen wie mich wahre Schätze auf. Da war die alte Knechtskammer, die voll gesteckt war mit alten Truhen und Hausstand, eine gemauerte alte Räucherkammer mit einer Eisentüre und nicht zuletzt ein paar uralte Schränke, gefüllt mit alten Stoffen, wie Leinentüchern und sonstige Bestände aus Uromas Zeiten.

Außerdem war der alte Ziegelboden eine Rarität und ich konnte sogar einmal unter einem losen Ziegelstein ein kleines Weihwasserkesselchen aus weißer Keramik finden. Was ich natürlich mit in mein Zimmer nahm, war das dickste Buch, welches ich bis dahin gesehen hatte: Georg Otts Heiligenlegenden aus dem Jahre 1875, woraus ich immer wieder versuchte, die Legenden meiner liebsten Heiligen herauszulesen. Das war nicht so einfach, denn die alte Frakturschrift war mir noch nicht so vertraut.

So verwuchs ich mit unserem Haus, von dem niemand weiß, wie alt es eigentlich ist. Früher konnte man auf einem Türsturz das Jahr 1711 lesen. Das war das Jahr, in dem das alte Gemäuer noch mit einem ersten Stock versehen worden war. Wir Kinder wuchsen alle recht sorglos und unbeschwert in dem alten Gebäude auf, das uns Schutz und Geborgenheit bot.

Der Compa`sche Hof um 1920

An frommen Menschen hatte es in alten Zeiten darin auch nicht gefehlt. Meine Oma war eine geborene Kumba und dieser seltene Name geht auf die französische Schreibweise Compa zurück, denn die Vorfahren, ein Ziegelbrennergeschlecht aus dem elften Jahrhundert, die einer Sekte der Waldenser zugehörig waren, stammten aus dem Gebiet Savoyen in Südfrankreich.

Der älteste überlieferte Name aus dieser Zeit ist ein Jo Cosio Compa, doch weiter zurück verliert sich dann jede Spur. Noch zu Omas jungen Jahren gab es eine Klaratante, die sich im Kloster der Ewigen Anbetung in Mainz eingekauft hatte. Diese kam manchmal im Sommer zur Feldarbeit wieder aufs Land, um dann mit Butter und Kartoffeln ins Kloster nach Mainz zurück zu reisen.

Auch eine alte Tante Gertrud musste als lediges Fräulein früher auf dem Hof gewohnt haben. Sie war eine Schwester meines Ururgroßvaters und hat zu Lebzeiten für den Blumenschmuck in der Pfarrkirche gesorgt. Oma erzählte immer, dass diese Tante Gertrud beim Schmücken des Marienaltares während eines Gewitters tot umgefallen sei.

Dann gab es da noch die alten Geschichten um die Ururgroßeltern. Eine Ururgroßmutter, Katharina mit Namen, stammte aus Erbes-Büdesheim, dem Ort, an dem mein Lieblingsheiliger, Johannes Nepomuk mit Wallfahrten verehrt wird. Ihre Eltern waren schon früh an Krebs gestorben. Daraufhin lebte sie mit ihrer Schwester Klara unter Vormundschaft bei ihren Verwandten im benachbarten Ilbesheim.

Mein Ururgroßvater, Johannes Kumba wollte sie gerne ehelichen, aber da sie erst 17 Jahre alt war und nicht großjährig wie man früher sagte, so entführte er sie kurzerhand und reiste mit ihr per Schiff nach Amerika zu seinem Bruder Philipp, der um das Jahr 1860 übersiedelt war.

Nach ca. einem Viertel Jahr kamen die beiden verheiratet wieder nach Freimersheim zurück und ich bin bis heute im Besitz eines Mitbringsels dieser abenteuerlichen

Hochzeitsreise, nämlich eines kleinen Milchkännchens aus Ton mit dem Emblem der Königin Viktoria, das scheinbar zu einem Teeservice gehört hatte.

Pfaffenmilch, die „ungenießbare" Variante

Diese Ehe brachte, wie früher üblich, viele Kinder hervor und darunter meinen Urgroßvater Philipp. Er war der Älteste und nach dem in Amerika lebenden Onkel be-nannt. Er war außergewöhnlich in vielerlei Hinsicht und tat schon zu Beginn des 20. Jahrhunderts etwas, was für Freimersheim noch lange nicht selbstverständlich war. Er heiratete eine evangelische Frau. Aus dieser Ehe entstammten acht Kinder und darunter meine liebe Oma Klara, zu deren Geburt bestimmt ein Komet am Himmel erschienen ist. Doch was war mit ihren vielen Geschwistern? Hier komme ich auf die berühmt berüchtigte Pfaffenmilch zu sprechen, deren Genuss tödlich sein kann.

† Johann Heinrich Kumba, verstorben an Pfaffenmilch am 01.02.1909, R.I.P.

Oma Klara hätte eigentlich noch sieben weitere Geschwister, denen aber leider kein so langes Leben wie ihr beschieden worden war. So verstarben zwei ihrer kleinen

Geschwister, die kleine Anna Maria, und ein Brüderchen, Johann Heinrich, an der sogenannten Pfaffenmilch.

In jener Zeit war es für Frauen nicht sehr schicklich, die Kinder an der eigenen Brust zu stillen und so war es auf dem Land üblich, diese mit Kuhmilch zu sättigen. Da kam es des Öfteren vor, dass man auch die Milch nahm, die von einer Kuh stammte, die erst vor einigen Tagen gekalbt hatte. Diese Milch ist sehr fetthaltig und für Säuglinge mitunter tödlich. Vermutlich sind manchmal Bakterien in dieser Milch, die man damals noch nicht kannte und man glaubte daher, dass die Pfaffenmilch selbst die Sterbeursache der Kinder war.

So geschah es in diesem Fall, dass die kleine Anna Maria und Johann Heinrich an der sogenannten Pfaffenmilch verstarben. Ihre Totenbilder fand ich wie durch Geisterhand zufällig in meinem alten Bilderfundus.

Das ist mir ein Omen dafür, dass diese Seelen noch des Gebetes bedürfen und auch hier ein würdiges Andenken erheischen wollen.

† Anna Maria Kumba, verstorben an Pfaffenmilch
am 23.01.1909, R.I.P.

Unsere alte Pfarrkirche

Das Verwachsensein mit der alten Pfarrkirche St. Josef war schon bei den „Alten" eine Art Tradition; und so war es auch für mich und meine Schwestern üblich, dass wir beim Kirchgang selbstverständlich dabei waren und auch wochentags öfter zum Ministrieren geschickt wurden. Unser alter Dorfpfarrer, der 34 Jahre in der Gemeinde lebte, war seiner Zeit schon weit voraus und ließ Mädchen ministrieren, wenn dies auch damals offiziell noch nicht erlaubt war. Vielleicht lag es aber auch daran, dass nie genügend katholische Jungs zur Verfügung standen.

Das war für mich alles Mystik pur – und das alte Gemäuer unserer Kirche erst! Teile davon gehen zurück auf das 8. Jahrhundert, die Karolingerzeit. Sie trug auch einst bis zu den Wirren der Reformation eines der alten Weinpatrozinien und zwar das der Heiligen Märtyrer Cyriakus und Erasmus.

Nach der pfälzischen Kirchenteilung 1705, als das Gotteshaus wieder den Katholiken zugesprochen wurde, bekam die Kirche ein neues Patrozinium, und zwar das zum Fest der Geburt Mariens, auf das noch das heutige Kirchweihdatum zurückgeht. Erst viel später haben die Alzeyer Kapuziner das Josefspatrozinium eingeführt, das bis heute besteht.

Dann war da noch der ehemalige Friedhof um die Kirche herum, der seit ca. 300 Jahren nicht mehr benutzt wird, ein wahres Paradies mit uralten riesigen Effen (Ulmen) und Ahornbäumen. Mittlerweile sind die meisten dieser alten Riesen nicht mehr existent, sei es durch Borkenkäfer, wie bei den Effen, oder durch Stürme, wie bei vielen der restlichen Bäumen. Auf dem alten Friedhof fand sich so mancher Knochen und auch alte Sargnägel.

Das Ministrieren machte mir teilweise schon Spaß. Und ich sage teilweise, denn zur Vesper, die jeden Sonntag um 14 Uhr gefeiert wurde, musste ja auch jemand ministrieren und mit Oma Klara hatte ich da schon manchmal heftig zu streiten, denn ich wollte ja viel lieber die Zeichentrickserie „Heidi" anschauen, die zur gleichen Zeit gesendet wurde. „Die scheiss Kersch" so fluchte ich einmal, worauf Oma mich fast in die Kirche geprügelt hätte, aber ein wahrer Zwang bestand ansonsten nie.

Es gab oft genug Ausreden oder die ein oder anderen Kopfschmerzen, mit denen man sich vor dieser heiligen Pflicht befreien konnte. Und kann es wirklich sein, dass Jesus einen kleinen Jungen bei sich haben will, der doch eigentlich lieber die Heidi sehen möchte? Nun ja, heute reut es mich, dass ich die Heilige Kirche damals mit „die scheiß Kersch" betitelt habe, aber vielleicht sogar mehr wegen Oma, die durch meine Bemerkung sichtlich betroffen war.

Fernsehabend der Familie und Nacktszenen mit Oma Klara

An den Abenden saß die Familie in voller Anwesenheit im engen Fernsehzimmer vor einem Apparat, der gerademal zwei, bei gutem Wetter auch drei Programme zeigte. Mein Vater bestimmte im Prinzip das Programm. Und wenn er nicht da war, sei es wegen einer Singstunde des Männergesangvereines oder aus anderen Gründen, wie der abendlichen Feldarbeit, dann bestimmte Oma, was da geschaut wurde und das waren dann Sendungen wie „Der Blaue Bock", „Im Krug zum grünen Kranze" oder auch die Sendung „Marianne Rosenberger gibt sich die Ehre". Wääää, grauenhaft war das oft.

Aber das Nachmittagsprogramm gehörte ja mir und meinen Schwestern. „Bonanza", „Rauchende Colts" oder auch „Daktari" waren ja schon direkt Highlights, bevor in späteren Jahren Sendungen wie „Der Denver Clan", „Falcon Crest" oder „Dallas" das Abendprogramm füllten.

Es brauchte nur eine Nacktszene vorzukommen und Oma Klara sagte: „Sowas macht mer ned, des sein Sei, dene geherd de Arsch mid Brennessele veschlaa!" Also: Sowas macht man nicht, das sind Schweine, denen gehört der Arsch mit Brennnesseln verhauen!

Als begeisterter Fußballfan schaute Oma Klara auch, auf dem Biedermayer-Sofa sitzend, oftmals ein Fußballspiel an (im krassem Gegensatz zu mir) und wenn es spannend wurde, sah man sie plötzlich mit einem Bein tretend und laut rufend mit den Worten: „Tret doch, du Arschloch, du trauriges!" Ich glaube, das bedarf keiner Übersetzung. Letztendlich war sie es, die sich als Letzte spät am Abend oder schon gegen Mitternacht Richtung Schlafzimmer bewegte, um am nächsten Morgen als wiederum Letzte am Küchentisch ausgiebig mit der Zeitung in der Hand zu frühstücken.

Die Schulzeit wäre da ja auch noch gewesen, aber möchte ich dieser nicht mehr Aufmerksamkeit widmen, als zur damaligen Zeit, als ich die Schule in Flomborn besuchte! Nur eines ist mir nennenswert, und das dürfte den jüngeren Menschen auch nicht mehr geläufig sein. Wir hatten an der Schule noch steinalte Lehrer, die bereits Jahrzehnte zuvor unsere Eltern unterrichteten! Die Frage nach Durchsetzungsvermögen eines Pädagogen spielte da auch keine Rolle!

Der Herr Kaplan

Ich beginne einfach mal mit meinem ersten Erlebnis. Zu der Zeit war ich gerade mal zehn Jahre alt – ein behütetes Kind, das in einer liebevollen Familie aufgewachsen war und von der Schlechtigkeit der Welt noch überhaupt keine Ahnung hatte. Meine Kindheit hatte ich gemeinsam mit meinen Geschwistern in Freimersheim verbracht. Wir waren gut erzogen, hatten aber nicht weniger Flausen im Kopf, als andere Kinder auch.

Wer in diesem Kapitel erhofft, etwas von oraler oder gar analer Penetration zu lesen, der kann sich das Weiterlesen eigentlich ersparen. Jedoch war das, was ich in den kommenden Zeilen schildere, für mich als 10-jähriges Kind so extrem, dass ich es fast genau 30 Jahre komplett verdrängt habe!

Im Übrigen, mit zehn Jahren war ich noch kein Organist, es dauerte noch ganze drei Jahre, bis ich öffentlich die ersten Messen an der Orgel begleitete.

Erst durch die in den letzten Wochen und Monaten gesendeten Beiträge im Fernsehen zum Thema Kindesmissbrauch, von denen ich einige ansah, brachten das ganze Erlebte aus meinem Inneren wieder nach oben und machten es so präsent, dass ich zur Aufarbeitung direkt an die Öffentlichkeit gegangen bin.

Ein paar Dinge muss ich im Voraus klarstellen, damit man ungefähr weiß, warum meine Eltern und auch die Großeltern mich damals ohne Bedenken einem fremden Mann anvertraut haben. Und das sogar über Nacht und darüber hinaus auch noch dreimal!

Bis in meine Kindheit hinein war es auf dem Land (und erst recht in der Diaspora) üblich, dass Geistliche die Familien oft besuchten und einen guten Zusammenhalt der Familien förderten.

Ein Geistlicher bzw. ein Priester genießt in einer katholischen Familie eine hervorragende Stellung. Dies geht nicht zuletzt auf seine Funktion in der Liturgie, als Vertreter Jesu Christi am Altar zurück, wo er für die Gemeinde, für jeden Einzelnen – auch für die, die nicht mehr unter den Lebenden sind – das Heilige Opfer unblutig auf dem Altar vergegenwärtigt.

Dieses Verständnis vom Priesteramt gebietet gehörigen Respekt vor der Person des Geistlichen, der nicht erst in der Hierarchie nach oben beginnt, sondern sofort ab den geringsten Weihestufen, ja sogar schon bei den Alumnen (Ein Alumnus, das bedeutet „Erleuchteter", ist ein Seminarist in Ausbildung und Studium zum Priesteramt).

Für eine katholische Familie ist und war es also immer auch eine große Ehre, einen Geistlichen zu Gast zu haben und selbstverständlich freute man sich auch immer auf solche Besuche, jedenfalls in den meisten Fällen.

Bei uns in der Gemeinde gab es eine Ausnahme in der Gestalt unseres alteingesessenen Dorfpfarrers. Den sahen wir nicht unbedingt so gerne und fürchteten ihn wegen seiner Grobheit auch ein wenig. Außerdem mussten wir ihn, wie es früher üblich war, mit dem Gruß „Gelobt sei Jesus Christus" grüßen und das war uns in Gegenwart evangelischer Nachbarn und Kinder schon etwas peinlich.

Eines Tages hieß es, der Herr Kaplan aus Bad Kreuznach kommt mit Tante Mechthild. Dazu muss ich vorausschicken, dass Freimersheim damals nicht unter priesterlicher Betreuung vom Bad Kreuznacher Pfarramt stand! Tante Mechthild, von der hatten ich und meine Geschwister vorher noch nie gehört. Das lag wohl daran, dass Sie als psychisch Erkrankte mehr oder weniger als Verwandte nicht mitzählte.

Diese neue alte Tante war zu Entzug in einem Sanatorium und wurde seelsorgerisch von einem Kaplan aus Bad Kreuznach betreut.

Scheinbar hatte er sie gefragt, ob sie denn keine Verwandten in der Nähe habe, mit denen sie Kontakt hätte und da muss sie meine Familie erwähnt haben, zu der sie bis dato keinen Kontakt hatte. Also kam es dann zu einigen Besuchen der beiden auf unserem rheinhessischen Bauernhof in Freimersheim hinter der Warte. Dem Herrn Kaplan bin ich positiv aufgefallen, so dass er mich auch öfter mal zum Ministrieren nach Bad Kreuznach, in die für mich damals unheimliche große und hässliche Betonkirche, mitnahm. Als kleines Ablenkmanöver höre ich noch, wie er immer zu meiner etwas älteren Schwester Martina sagte: „Martina, das schönste Mädchen von Freimersheim!"

Der Sommer nahte und es kam der Tag, ein Freitag, an dem er mich zum ersten Mal über Nacht mitnehmen wollte. Seine Schwester, so erzählte er, habe in Bad Sobernheim in einer Wohnwagensiedlung einen Wohnwagen mit Grünanlage. Dort müsse er, während seine Schwester mit Familie im mehrwöchigen Spanienurlaub war, nach dem Rechten schauen, Rasen mähen, Blumen gießen etc..

„Das hieße, über Nacht bleiben und am Samstag zum Mittagessen bring ich den Markus wieder nach Hause!"

Als zehnjähriger Junge war ich noch sehr schüchtern und gegenüber Erwachsenen auch etwas ängstlich. Es hieß ja in der Erziehung, man solle ja niemandem eine Gegenrede geben und immer freundlich zu Erwachsenen sein und tun, was einem aufgetragen wurde!

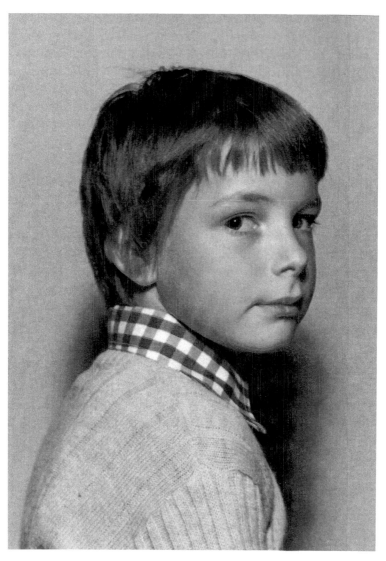

Der schüchterne kleine Markus

Nun ja, über Nacht mit einem Fremden klang für mich als Junge schon eigenartig. Aber in einem Wald übernachten und zu einer alten Burgruine laufen, das klang interessant. Haben mich doch als Kind schon alte Gemäuer sehr interessiert und ein Kaplan, der will ja nichts Böses!

Angekommen in Bad Sobernheim, wurden zunächst die Arbeiten an der kleinen Gartenanlage verrichtet und dann eine abendliche Brotzeit hergerichtet. Danach wurde ein Spaziergang zu einer alten Burg gemacht, wobei ich nicht mehr sagen kann, ob der Weg kurz oder lang war. Jedenfalls kamen wir erst im Dunkeln wieder zurück und ich sah zum ersten Mal in meinem Leben die Glühwürmchen in der Luft, die mich sehr faszinierten.

Angekommen in dem engen Wohnwagen, verrichtete ich meine Abendtoilette und da es ja Sommer war und sehr warm, legte ich mich mit meinem kurzen Schlafanzug auf das Bett, das für zwei Personen gedacht war. Irgendwann kam auch der Herr Kaplan aus dem winzigen Bad, bekleidet mit einer schwarzen, ausgewaschenen Sporthose, wie sie in den 70ern üblich war. Seine Aufmerksamkeit richtete er sodann auf einen Massagehandschuh, der irgendwo neben dem Bett auf einem Regal oder einer Ablage gelegen war.

„Was man(n) damit Tolles machen kann! Weißt Du, für was das ist? Damit kann ich Dir die Beine massieren und das willst Du doch, dass ich Dir die Beine massiere, ja?"

Mir war klar, dass da etwas passierte, das nicht normal war und das ich eigentlich auch nicht wollte, aber ich konnte einfach nicht den Mut aufbringen und sagen „Halt, Stopp ich will das nicht!".

Also massierte er mir die Oberschenkel von vorne und von hinten. Berührungen, die ich in meinem fast erstarrten Körper über mich ergehen ließ. Waren mir doch auch solche Zärtlichkeiten aus meiner Familie nicht vertraut, auch wenn ich mich nach etwas Zärtlichkeit und Zuwendung von meinem Vater immer gesehnt hatte und nie bekam!

Möglicherweise hatte ja auch mein Vater immer schon meine Homosexualität bemerkt und mich deshalb auch abgelehnt. Denn zwischen uns stand immer eine unsichtbare Mauer, die nur ab und zu, wenn andere Leute dabei waren, scheinbar weg war. Diese Momente waren für mich immer etwas verwunderlich!

Doch zurück zum Kaplan. Der wollte ja nun auch noch ein bisschen Zärtlichkeit und ließ sich seine haarigen, weißhäutigen Beine von mir massieren, wobei ich nicht sagen kann, dass er erregt gewesen wäre, denn die Unattraktivität dieses Mannes war keinesfalls Anlass, weiter nach oben zu sehen, ob sich da etwas tat und ich hätte das auch in meinem Alter nicht kapiert, was da genau los war!

Ich erinnere mich auch wieder an seine Küsse auf meine Wangen und spüre den grausigen rotbraunen Schnauzer und die feuchten Lippen. Danach wurde ganz einfach geschlafen und ich denke, das war dann schon alles, was bis zum nächsten Tag passiert war. Aber ich habe diese Erlebnisse, mit denen ich als Kind nicht umgehen konnte, perfekt 30 Jahre lang verdrängt.

Die Kombination aus den Erlebnissen mit dem Kaplan und der Liebesentzug meines eigenen Vaters haben ihre Spuren hinterlassen. Auf der Suche nach Zuneigung und Geborgenheit einer Vatergestalt, bin ich immer wieder an latent homosexuelle Geistliche geraten, die immer nur ihre eigene Lust zu befriedigen suchten. Wenn ich in den Zeiten nach meinem Coming Out einen Mann kennengelernt habe – und das waren bestimmt nicht wenige – dann habe ich spätestens bei einem Liebesgeständnis die Krise bekommen und bin ausgerissen, ohne mich dafür zu interessieren, was mit meinem Partner geschah.

Auf jeden Fall bin ich damals als 10-jähriger dreimal mit dem Kaplan in seinem Liebesnest gewesen. Ein Jahr später war ich auch auf seine Intervention hin mit in einem Ferienlager. Obwohl ich es gehasst habe, in ein solches Lager mitzufahren, musste ich mit. Vor'm Herrn Kaplan hatte ich aber meine Ruhe, dem war ich im Folgejahr schlicht und ergreifend schon zu alt. Was für ein Glück für mich!

Das ist auch die Meinung von Psychologen, die den Fall genauer analysiert haben.

Der einzige Mensch, der nach diesen Ereignissen an mir etwas bemerkte, war mein Großvater mütterlicherseits. Er bemerkte bei Besuchen immer, dass ich auffällig ruhig war. Er sagte immer wieder: „Markus, mein Bub, was ist denn mit dir, du bist so ruhig, mit dir stimmt doch etwas nicht?"

Ich litt seitdem unter einer Depression, die sich über Jahre, ja eigentlich bis zu Beginn meiner Aufarbeitung der Vergangenheit vor drei Jahren hinzog. Ohne es zu wollen, versank ich immer wieder in einer ohnmächtigen Starre, die mich für alles, was ein „normaler" Mensch tun würde, völlig lähmte.

Nach meiner Veröffentlichung in zwei Fernsehkanälen gab es dann natürlich Mutmaßungen, dass ich eventuell durch den Kindesmissbrauch erst schwul geworden wäre, aber das ist total paradox! Erstens war ich schon vorher so und zweitens war das Erlebnis mit dem Geistlichen nicht so toll, dass ich das nochmals hätte haben müssen!

In dem Alter haben mich ganz andere Dinge interessiert. Verliebtheiten in diverse Schauspieler und Fummeleien mit Cousins und Jungs aus dem Dorf, das war's dann aber auch schon.

Im Alter von vier Jahren war ich bereits in einen Dachdeckergesellen verknallt. Es war Sommer und unser Hausdach wurde neu eingedeckt mit Ziegeln. Der Geselle, in den ich total verschossen war, sprang mit freiem, sonnengebräunten Oberkörper auf dem Gebälk herum und ich beobachtete ihn, so oft es nur möglich war. Erst vor einigen Jahren fand ich eine Rechnung dieser Dachrenovierung und siehe da, ich war vier Jahre alt!

Als Kind dachte ich immer, dass ich, sobald ich erwachsen wäre, mich für eine Frau interessieren und dann heiraten würde, aber – ich wurde nie erwachsen!

Schwester Clementine

Erst zur Berufsschulzeit während meiner Ausbildung zum Bürokaufmann wurde ein abgesprungener Priester, der als Religionslehrer arbeitete, auf mich aufmerksam. Es war Clemens Knöpfle. Wie alle anderen auch latent homosexuell und bei vielen Schwulen in der Szene, die ich erst mit 18 bzw. 19 Jahren entdeckte, als Klappengeher bekannt. Klappengeher kommt aus dem Schwulen-Jargon und bedeutet soviel wie „Toilettengeher" und da sind meist öffentliche Toiletten gemeint, in denen ma(n) sich auch gelegentlich Sexpartner sucht.

Manche nannten ihn auch die Schwester Clementine, oder die Knöpfleschwuchtel. Ich war im Religionsunterricht nie schlecht, aber bei ihm bekam ich immer automatisch eine Note besser, als notwendig gewesen wäre. Wenn er mir in der Stadt begegnete, was ich immer zu vermeiden suchte, kam ich nicht drumherum, mich ganz an ihn heranziehen zu lassen und seine großporige unreine Haut noch näher zu sehen, als wünschenswert gewesen wäre.

Er betätigte sich in der Pfarrkirche auch als Kommunionhelfer. In den Genuss, von ihm den Leib des Herrn zu empfangen, bin ich nie gekommen, da ich mich immer nur da zur Kommunion anstellte, wo der Priester selbst austeilte. Das lag aber auch daran, dass ich immer der Überzeugung war, dass niemand außer einem geweihten Priester den Leib des Herrn anfassen darf. Wenn sich auch später für mich irgendwann herausstellte, dass ein Priester oftmals ein größeres Schwein sein kann, als ein Laie – und man nie wissen kann, was er vorher in seinen Händen gehalten hat!

Die Berufsschulzeit habe ich mit Hängen und Würgen durchgezogen, aber was ich nicht gedacht hätte, war, dass ich die Schwester Clementine noch einmal gut benötigen würde! Es kam nämlich die Zeit, da ich eine Einberufung zur Bundeswehr erhielt. Grundsätzlich hätte ich nichts dagegen gehabt, mit vielen gleichaltrigen Typen eine Dusche zu benutzen, oder auch ein Zelt!

Doch dass diese anderen Heterotypen das mit Sicherheit nicht so sehen würden, war mir klar und es gab nur die Alternative, zu verweigern. Im Religionsunterricht hatte Clemens Knöpfle immer schon berichtet, dass er Freigänger beherbergte (sicher nicht ganz uneigennützig) und dass er jungen Männern half, eine schriftliche Begründung zur Verweigerung des Wehrdienstes zu verfassen.

Also biss ich in den sauren Apfel und kontaktierte ihn. Ich sollte zu einem Gespräch einfach am Abend vorbeikommen und er würde eine Brotzeit richten und mir diverse Musterschriftstücke aushändigen, die ich dann etwas verändert getrost verwenden könne.

Mit einer Flasche Wein aus meinem Heimatdorf fuhr ich dann abends zu ihm, wohl wissend, dass da noch etwas auf mich zukommen würde. So war es, denn als er die Tür zu seiner Mietswohnung öffnete, stand er da in einem Satin-Bademantel. Er begründete dies damit, dass er es sich abends ja immer gemütlich macht und er hoffe, dass mich das auch nicht stören würde. Mir gefiel das gar nicht, aber was sollte ich machen? Sofort fiel mir im Wohnzimmer auf, dass zwei Essgedecke nebeneinander standen. Ich hätte also direkt neben ihm auf der Couch gesessen. Spontan nahm ich im Sessel Platz und zog das Gedeck zu mir rüber. Er hatte als alter Schwabe, er stammt ja aus dem schwäbischen Ländle, einen guten Maultaschensalat zubereitet und etwas verklemmt führten wir unser Gespräch. Er schenkte mir ein Bild in DIN A4-Größe mit dem Druck einer Bibelseite von Gutenberg. An der Wand konnte ich erkennen, wo das Bild scheinbar noch vor einer Stunde aufgehängt gewesen war. Denn dort, neben einer weißen Stelle an der vergilbten Wand, hing noch das passende Gegenstück dazu. Wichtig war mir meine Begründung zur Wehrdienstverweigerung und als ich diese hatte, bedankte ich mich und teilte ihm mit, dass ich noch zu einer Fete ins Chapeau Claque nach Mainz müsse und auch sein Onanieren unter dem Satinmantel konnte mich nicht überzeugen, ihm einen Liebesdienst zu erweisen.

Er war nicht böse deswegen, schließlich hatte er ja immer noch ab und zu seine Freigänger, die er aufnahm und die bestimmt aus dem Knast mit solchen Diensten vertraut waren!

Jedenfalls konnte ich mit dieser umgeschriebenen Musterbegründung, die sich auf das „Vater unser" stützte, meinen Wehrdienst verweigern und dafür sei der Schwester Clementine, die schon seit Jahren im Ruhestand ist und mir immer zu Weihnachten eine Karte schickt, nochmals herzlich gedankt!

In der Zeit des Zivildienstes, den ich zur Hälfte in einem Pfarramt in Bad Kreuznach absolvierte, hatte ich nach und nach viele weitere Kontakte zu mehr oder weniger latent homosexuellen Geistlichen. Ich würde sowieso behaupten – und dazu stehe ich – dass der katholische Klerus aus mindestens 70 % homosexuellen Geistlichen besteht. Aber das ist nur die Meinung eines Organisten, der ja nur wenige Erlebnisse hatte.

Skandale mit Frauen oder Mädchen habe ich kaum mitbekommen, auch wenn es da lustige Begebenheiten mit unbefriedigten Frauen in Bad Kreuznach gab. Es war damals noch so, dass die Kapläne alle zwei bis drei Jahre ihr Stelle wechselten. Und kaum war ein neuer Kaplan, oder auch ein Diakon eingezogen, kamen schon die ersten Damen, die eigentlich sonst nie etwas mit dem Pfarrhaus zu tun hatten, um die Witterung aufzunehmen. Manche waren so penetrant, dass sie jeden Tag auf der Matte standen.

Die Sekretärin des Pfarrbüros, Frau Rosa Lichtmess, bewundere ich bis heute, denn sie musste ja Jeden an der Türe irgendwie betreuen, oder abwimmeln. Auch gingen durch ihre Hände so manche klerikale Liebesbriefe mit der einen oder anderen Parfumwolke. Sie nahm das alles immer recht locker, mit einem Schmunzeln im Gesicht.

Die Pfarrhaushälterin, Frau Berta Schalk, war natürlich auch eine sehr originelle Person, an der nichts und niemand vorüberkam. Ihre Frohnatur ist mir bis heute in Erinnerung. Der Pfarrer, Oswald Ruhigblut, ist mir auch sehr positiv in Erinnerung geblieben. Er war nüchtern, sachlich und einer der Wenigen, um die es keinerlei Geschichten und Spekulationen gab. Ein beispielhafter, im Zölibat ausharrender und sehr angesehener Priester, der seinen wohlverdienten Ruhestand in seiner pfälzischen Heimat verbringt. Ich wünsche ihm noch viele schöne Jahre!

Pfarrer Ruhigblut hatte auch meinen Vater in seinem Todesjahr 1988 mit den Sterbesakramenten versehen und war immer zur Stelle, wenn man ihn brauchte. Im Nachhinein wird mir ganz anders bei dem Gedanken, dass ich mir in Bezug auf meinen Vater immer, wenn er mich so sehr verletzt und nicht beachtet hatte, gewünscht hatte, dass er verrecken sollte. Und genau das ist letztendlich geschehen. Er ist an einem Tumor im Darm innerhalb von drei Monaten elend gestorben, wenn man das überhaupt so nennen kann. Trotzdem tat mir das unheimlich leid, sah ich doch auch meine geliebte Oma Klara, die in meinem Vater ihren einzigen Sohn sterbend erleben und überleben musste.

Da findet für mich auch das „Stabat Mater" des italienischen Komponisten Giovanni Battista Pergolesi eine tiefere Bedeutung und als sehr spiritueller, in die katholische Mystik tendierender Mensch, habe ich immer meine Erlebnisse in diese Richtung verarbeitet.

Doch zurück zu den „geliebten" hochwürdigen Herren! In den 80er und 90er Jahren erlebte ich sehr viele Geistliche. Die einen mehr oder weniger fromm, die anderen recht liberal, die einen im Zölibat ringend, die anderen mit Gerüchten belastet und wieder andere mit der Dreistigkeit, aus ihren ganzen Techtelmechteleien keinen Hehl zu machen.

Der peruanische Höhenflieger

Bevor ich es vergesse, muss ich noch einen Geistlichen vorstellen, dessen Trieb nach Freiheit und dem Ausleben all ihrer Facetten stets befriedigt wurde. In der Diözese Speyer lernte ich ihn kennen, genauer gesagt, in einem schnuckligen Dorf an der Deutschen Weinstraße. Die Welt der Frauen lag ihm zu Füßen, auch wenn es ihnen nichts nützen sollte – und das nicht aus dem Grund, dass er etwa den Zölibat für notwendig halten würde. Nein, er war seit Beginn seiner priesterlichen Karriere stets in Beziehungen mit anderen Geistlichen, oder auch mit Laien. Seine Vorliebe für Lateinamerika und seine Sprachbegabtheit führten ihn dann auch irgendwann nach Peru, um seiner Leidenschaft für die alte Mayakultur nachgehen zu können.

Wie bei vielen seiner Artgenossen bewegte ihn die Karrieregeilheit dazu, immer weiter kommen zu wollen; koste es, was es wolle. Manchmal kostete es auch eine kleinere oder größere Stiftung, wie z. B. die eines riesigen Kirchenfensters in einer peruanischen Klosterkirche. Im Umgang mit familiären Dingen war er allerdings sehr überfordert. Eines Tages drückte ihm eine frisch gewordene Mutter ihr Baby in die Arme. Er sollte es einfach nur kurz halten. Er stand da, als ob er einen Sack Zement halten müsste und dann sagte er auch noch ganz unbeholfen: „Was frisst es denn?" Da sieht man wieder einmal, dass die Herren Geistlichen, die das Volk über Familie und Moral belehren, selbst von ganz „normalen familiären" Dingen oftmals keinerlei Ahnung haben.

Als ich 22 Jahre alt war, stieg er mir hinterher und kam immer wieder in mein Elternhaus, um mich mit den Worten: „Ich will dich" vielleicht zu einer Partnerschaft oder aber auch nur zu einem Quickie zu bewegen! Damals wusste ich schon nicht mehr, was ich der Familie und vor allem auch meiner Oma sagen sollte, wenn er schon wieder vorbeigekommen war. Ich sagte oft, dass wir Vorbereitungen für eine Messe im ambrosianischen

Ritus treffen würden, für den er sich auch tatsächlich nach einem Mailandbesuch damals interessierte. Sein Start ins Priestertum war allerdings noch recht liberal und modern geprägt.

Auf einschlägigen Parkplätzen konnte man den Herren gelegentlich finden, wobei ich bei einer Begegnung auch ziemlich geschockt war. Man(n) trifft sich da, um sich einen Sexpartner aufzustöbern und mit 22 Jahren war ich über das Aufkreuzen eines Priesters recht verwundert. Was wäre gewesen, wenn ich mich damals auf ihn eingelassen hätte? Betrogen und belogen hätte er mich, der Diener Gottes, und zwar nach Strich und Faden!

Seine Annäherungen waren sehr penetrant. Außerhalb eines Kirchengebäudes kann man da etwas besser agieren, was die Abwehr anbelangt, nur in einer recht engen Sakristei fällt das dann schon schwerer!

Im Kirchenschiff saßen bereits die ersten frommen Frauen, die fleißig den Rosenkranz beteten. Es war das Hochfest des Heiligen Josef und ich ging dem Priester beim Ankleiden sozusagen an die Wäsche. Das ist ja auch nötig, denn ein Priester, der auf die korrekte liturgische Kleidung achtet, braucht beim Ankleiden eine Hilfe. Zunächst machte er schon eine Anspielung, indem er eine Anrufung aus der Josefslitanei auf mich anwendete und recht zynisch sagte: „Na, du keuscher Josef, rück mir mal etwas zu Leibe, ich schaff das nicht allein".

Ich hielt ihm das Zingulum (ein weißer Strick mit Quasten an den Enden) um die Hüften, welches er dann mit seinen Händen hielt und erst verknotete, nachdem ich die wunderschöne Spitzenalbe (weißes langes Leinengewand) an der Rückseite in Falten gelegt hatte. Dazu kam die Bemerkung, dass er sich an das „Rumgefummel" gerne gewöhnen könnte.

Dann stand ich vor ihm und hielt ihm die Stola (ein schmaler Stoffstreifen aus dem Stoff des dazugehörigen Messgewandes und Zeichen des Priesters) zum Kuss bereit, aber anstatt die Stola auf ein aufgesticktes Kreuz zu küssen, packte er mich rasch und küsste mich direkt auf den Mund.

Das war nicht nur sehr dreist und überraschend, sondern auch ekelhaft, da er eine recht gruselige Fahne hatte, die den Verdacht auf mindestens eine halbe Flasche Wein in der Frühe lenken ließ!

Ich drückte ihn weg mit den Worten „Spinnst du komplett? Draußen sitzen die Leute in der Kirche und jeden Moment kann hier ein Ministrant reinkommen!" Das war ihm scheinbar ganz egal, aber ich gab ihm dann endlich die Stola zum Kuss und zog ihm die breite barocke, römische Kasel (Messgewand in barockem, römischem Stil) über.

Manche, darunter bestimmt auch Katholiken, werden sich wundern, was das mit dem Küssen von Paramenten auf sich hat, aber es liegt mitunter daran, dass jedes liturgische Gewand eine bestimmte Bedeutung hat und auch unter Verrichtung von Gebeten angezogen wird. Warum die meisten Priester heute nicht einmal mehr die Gebete kennen, liegt daran, dass durch die Liturgiereform sehr viele wichtige Riten abgeschafft wurden, oder aber als unwichtig abgetan werden.

Jetzt war ich mir sicher, dass keine Anmache mehr kommen konnte, er war ja immerhin schon im „vollen Ornat", was auch bedeutet, dass er damit Christus angezogen hatte und an seiner Stelle das heilige Messopfer zelebrierte.

Dabei hätte mich ein Kuss von Jesus Christus mit absoluter Wahrscheinlichkeit nicht gestört. Im Gegenteil, ein Mann mit den Gesichtszügen und den Haaren von Jesus hat für mich eine Menge Sexappeal und in späteren Jahren hatte ich auch das Vergnügen, einen solchen Mann kennenzulernen. Nur dieser war nicht Jesus Christus, sondern ein Tänzer an der slowenischen Staatsoper in Ljubljana, mit dem wunderschönen Namen Matej. Scheinbar war dieser Jesustyp aber nicht in allem das, was ich mir gewünscht hatte.

Trotzdem, in Bezug auf Jesus unseren Herrn, finde ich schon immer die Rolle des Jüngers Johannes beneidenswert.

Heißt es doch an einer Stelle: „Als Jesus den Jünger sah, den er liebte ...". Das klingt für mich schon etwas homoerotisch und es gibt Darstellungen, wo man Jesus und Johannes sitzend sieht und Johannes seinen Kopf an die Brust von Jesus legt und Jesus seinen Kopf streichelt. Ist das nicht phantastisch?

Nachdem bei „meinem sauberen Pfarrer von damals" schon einige Titel erreicht sind, bleibt nur zu hoffen, dass nicht noch eine Bischofsweihe irgendwann ansteht. Denn das wäre die pure Heuchelei vor Gott, wobei Gott ja schon so einiges mit seinen Dienern erlebt hat und sich vielleicht auch schon ein bisschen daran gewöhnt hat, oder?

Charisma macht nicht menschlicher

Am übelsten traf es unsere Gemeinde mit der Sendung eines charismatischen Priesters, der uns glauben machen wollte, dass wir alle noch nie etwas vom Heiligen Geist gehört hätten. Zunächst war einiges, was er so machte, zwar verwirrend, aber auch wiederum interessant und einfach neu.

Wie er sexuell tickte, ist mir bis heute ein Rätsel – wenn da überhaupt etwas tickte?

Er schloss beim Predigen die Augen und spielte mit der Gitarre, die mich an der Orgel fast überflüssig machte. Er war der erste Geistliche, der mich wegen meiner Homosexualität diskriminierte.

Unser altes Pfarrhaus, in dem noch die Granateinschüsse vom letzten Krieg zu sehen waren, wurde endlich denkmalgerecht renoviert und zwei Wohnungen im Erdgeschoss geplant. Ich hatte nach einem gescheiterten Beziehungsversuch mit einer meiner großen Lieben den Wunsch, in einem so mystischen, klerikalen Haus mit viel Geschichte zu wohnen.

Es kam in einer Sitzung zur Abstimmung darüber, ob ich die Wohnung bekommen sollte und alle bejahten – mit Ausnahme von Pfarrer Ingobert Frommler, der sich nicht wenigstens enthielt, sondern mit Nein gegen mich stimmte. Natürlich wohl wissend, dass viele Arbeiten wie Küsterdienst, Altarwäsche, Organistendienst u.v.m. an mir hingen. Nun ja, die Wohnung habe ich bekommen, denn in solchen Pfarrgremien geht es ja demokratisch zu und da nutzt einem Geistlichen auch nicht die vorrangige Stellung als geweihte Person.

Eine Eskalation war von Anfang an vorprogrammiert und eines Tages gab es ein Treffen im Hause unseres Pfarrgemeinderatsvorsitzenden, wobei Pfarrer Frommler sagte, die Gemeinde Freimersheim sei ja nicht das fünfte Sondern das siebte Rad am Wagen! Das reichte für mich, um zum ersten Mal in meinem Leben einen Geistlichen am

Kragen zu packen und ihm alles ins Gesicht zu schreien, was ich drei Jahre geschluckt hatte.

Eine Frechheit von ihm war, dass er – vom Auto aus – ein anderes Gemeindemitglied exkommunizierte, obwohl er als einfacher Dorfpfarrer so etwas gar nicht tun durfte. Auch sperrte er einmal eine Frau, die sich Fräulein Fortuna nennen ließ, in der Kirche ein. Dieses Fräulein war ihm von einem seiner früheren Wirkungsorte aus Verliebtheit gefolgt und wollte seine Haushälterin werden. Da sich ein Charismatiker wie er in solchen Fällen nicht helfen kann, sperrte er sie einfach in der Kirche ein. Ihr Glück war nur, dass noch Leute vor der Kirche standen und sie befreien konnten!

Ich hatte ihn nur einmal wirklich als Priester gebraucht und das war in Bad Kreuznach. Dort betreute ich während des Zivildienstes ein steinaltes Fräulein: Agatha Rosenkranz. Sie wohnt in einem windschiefen Haus in der Froschgasse, welches bis heute noch nicht eingestürzt ist, was schon ein Wunder an sich ist.

Sie bedauerte, dass die geistlichen Herren nicht persönlich zu ihr kämen mit der Heiligen Kommunion. Einen Laien mit dem Sakrament in der Tasche, das wollte sie auf keinen Fall zulassen.

Ich vermittelte ihr Anliegen unserem Pfarrer Frommler, der sich da auch sofort bereit erklärte, die Dame zu besuchen. Nun kam es so, dass am Tag, bevor der Pfarrer mit dem Leib des Herrn dort ankam, eine betrunkene Frau gegen die Hausecke von Fräulein Rosenkranz Heim fuhr. Das Resultat war, dass sich die Haustüre nicht mehr öffnen ließ und der Pfarrer musste mit dem Allerheiligsten durch ein seitliches Küchenfenster, hinter dem direkt ein alter Spülstein in der Mauer eingesetzt war, in das Haus klettern. Das liebe alte Fräulein hatte sich darüber so sehr aufgeregt, dass sie später mit Verdacht auf einen Herzanfall ins Krankenhaus eingeliefert werden musste.

Fräulein Rosenkranz war sehr schwerhörig und da sie nicht mehr in die Nikolauskirche zur Beichte gehen konnte, versprach ich ihr, sie einmal zu den Karmelitern nach Mainz zu fahren, da sie dort früher sehr gerne zur Beichte war. Was ich nicht ahnte, war, dass an diesem Tage in Mainz im Beichtstuhl ein ebenfalls schwerhöriger Pater saß. Die Beichte war so laut, dass ich aus Scham, mitzuhören, die Kirche bis auf Weiteres verlassen habe.

Die alte Lady erzählte immer nette Anekdoten aus den alten, noch katholischen Zeiten in Bad Kreuznach, als es da noch wahrhafte geistliche Herren gab und diese auch den Weg zu ihr fanden. Heute, so sagte sie oft recht taff, gibt es keine geistlichen Herren mehr, sondern nur noch geistliche Lausbuben! Als Schneiderin wurde sie für die prachtvollen Paramente oft gebraucht. Im Alter verschwand das Interesse an ihr, was wieder einmal typisch für den Klerus ist. Wo es etwas gibt, da lässt man sich gerne blicken und der Rest kann schauen, wie er zu den Sakramenten kommt!

Man sollte nicht unterschätzen, dass die Kraft des Gebetes meistens von den Verborgenen im Stillen kommt und nicht von denen, die im Rampenlicht stehen und die großen Töne spucken.

Das ist auch eine meiner großen Erfahrungen im Leben der Pfarrgemeinde. Die Menschen, die zum Kritisieren da sind und alles besser wissen und machen wollen, das sind die, die, wenn's an die Arbeit geht, nirgendwo zu finden sind. Und wenn doch, dann nur gegen Bezahlung!

Geschockt war ich auch damals, als zu einem Dekanatstag ein Prediger geladen war, der gegen Bezahlung eine antipäpstliche und antikirchliche Predigt auf dem Bad Kreuznacher Salinenplatz hielt. Für mich war das paradox und beschämend, liebte ich doch all das Kirchliche und natürlich auch den Papst in Rom.

Bis heute ist es trotz allem, was ich erlebt habe, die großartigste Institution, die es gibt. Und alleine, dass sich so ein Laden über 2000 Jahre lenken und leiten lässt, grenzt schon an ein Wunder der göttlichen Vorsehung!

Outfit und „Körperpflege" der Geistlichkeit im 21. Jahrhundert

Was mich in all den Jahren auch verwundert hat, ist, wie sich der Klerus auch vom Äußerlichen recht eigenartig verändert hat. Nachdem ja nicht mehr alle Geistlichen erkennbar als Priester bekleidet sind, kann man jetzt eher die Gesinnung oder die Veranlagung erkennen. Da sind die einen im knallroten Strickpullover, die anderen mit Ökosandalen, wieder andere im klassischen Anzug mit kleinem Kreuz am Revers. Wieder andere mit Pferdeschwanz oder Ohrringen und die Konservativen im klassischen Schwarz mit Collarkragen. Oder, wenn es ganz bizarr wird, gibt es welche in Soutane und Birett! Diese nenne ich ganz gerne die Soutanenswinger. Im benachbarten Österreich sagt man sogar „Kuttenbrunzer"! Wie in einem so katholisch geprägten Land ein so unschönes Wort entstehen konnte, das weiß Gott allein.

Eines trifft aber auf sehr viele zu: Von Körperpflege und sauberen Klamotten haben die Wenigsten vor und während der Seminarzeit gehört. Eine große Mehrheit der geistlichen Herren hat übelsten Mund- und Körpergeruch, von den ungepflegten Frisuren – meist mit Schuppenflechte – ganz zu schweigen.

Vielleicht ist das ja eine Art Abschreckung, um die Keuschheit leichter bewahren zu können. Aber ihr Geistlichen, lasst es euch gesagt sein: das ist nicht der richtige Weg! Die Bezahlung des Klerus in Deutschland und Österreich ist sehr gut, so dass wenigstens ein Paar gute, schwarze Lederschuhe zur Feier der Heiligen Messe in der Sakristei deponiert werden könnte. Bei der großen Anzahl an freigiebigen Laien könnte dieses Problem sogar mit einer Sonderkollekte bestritten werden.

Verschiedentlich kam ich mit einem Kollegen in das Trierer Priesterseminar. Sein Bruder Berthold war dort, und ab und zu besuchten wir ihn. Selbst im Seminargebäude sah man die wildesten Vögel.

Auf den Fluren Parfumwolken von Chanel und Joop und manche Seminaristen mit einem Hüftschwung, von dem manche Frau nur zu träumen wagt. Man wohnt Tür an Tür und Gerüchte über die eine oder andere Beziehung haben keinerlei Folgen. Erst dann, wenn die Öffentlichkeit ins Spiel kommt. Und das wird tunlichst vermieden.

Der homosensuelle Priester

Der Priester, über den ich in diesem Kapitel berichte, ist mit aller Wahrscheinlichkeit seit Beginn unserer Freundschaft latent in mich verliebt gewesen.

Vieles deutet für mich darauf hin, dass er aus purer Eifersucht immer wieder verletzend zu mir war. Er schaffte es aber auch immer wieder, Mitleid bei mir zu erregen, so dass ich ihn bis zu einem Jahr vor seinem Tod als dominanten, sehnsuchtsvollen, latent homosexuellen Freund und Weggefährten bezeichnen kann.

Kennengelernt haben wir uns in der Zeit meines Zivildienstes in Bad Kreuznach. Der dortige Diakon war ein Zögling von ihm und dieser nahm mich in eine Gemeinde mit zum Spielen der Orgel. Pfarrer Reginald Argwohn war dort als Aushilfspriester und recht beeindruckt von meinem freudigen Orgelspiel zu Ehren der Aufnahme Mariens in den Himmel.

Diese Freude traf ihn in seinem sehr musikalischen Herzen und mein äußeres Erscheinungsbild bewegte ihn dazu, mich in den kommenden Wochen in seine Wohnung einzuladen.

Als immer und überall unzufriedener Mensch zog er im Laufe der Jahre mehrfach um und wollte eine katholische Gemeinde finden, in der er seine Wunschvorstellung Wirklichkeit werden sah: Allseitige Akzeptanz als der absolute Priester, dem niemand widerspricht und das Ausleben seiner Interessen und seines Egoismus ohne Widerspruch von anderen.

Eines seiner Hauptthemen war immer wieder die Beichte. Nicht, weil ihm dieses spektakuläre Sakrament der Vergebung als heilig am Herzen lag, sondern weil ihn immer nur alle möglichen Vergehen um das 6. Gebot interessierte und er scheinbar dadurch auch im extremen Maß erregt wurde.

Mit meiner Begründung, dass die Beichte geheim sei, versuchte ich immer, vom Thema abzulenken. Denn ich ahnte immer schon, was er doch so gerne hören wollte! Schließlich gab er den Beichtinhalt von sich und anderen auch recht beispiellos preis wie z. B.: Man lag oft früher mit erregtem Glied auf dem Bett und wusste, würde man jetzt onanieren, wäre das eine schwere Sünde, mit der man nicht zum Altar hintreten dürfte. Oder man nahm etwas für sich selbst in Anspruch, was für zwei Menschen gedacht war und zur Zeugung eines Kindes etc.

Sehr erschreckend war für mich, dass Reginald als Kaplan in der großen katholischen Gemeinde Ehrenheiligen am Rhein in der Jugendseelsorge wirkte. Er sagte: „Ich habe nie im Beichtstuhl gesessen, ich habe mir die Buben alle nacheinander aufs Zimmer kommen lassen und habe ihnen erst einmal einen Schnaps eingeschenkt, damit sie etwas lockerer wurden …"

Aber sein Spiritual im Mainzer Priesterseminar hatte ihn schon zur Seminarzeit gewarnt: „Lieber Reginald Argwohn, sie sind ein absoluter Ästhet und werden es immer schwer haben, da sie auch einen Sensus für den Mann haben." Diesen Ausspruch beanspruchte er bis zuletzt für seine Auslegung, dass er nicht homosexuell sei, sondern homosensuell, was im Prinzip keinen Unterschied machte!

Was auch immer das bedeutete, er war sowas von stockschwul, dass es manchmal nicht zu ertragen war.

Dann kam das Wochenende aller Wochenenden. Sein Organist war abwesend und ich sollte diesen in der damaligen Gemeinde St. Erasmus vertreten.

Bekannt ist der Ort auch unter dem volkstümlichen Namen Erasmusblut. Ich reise samstags an und am Abend, nach einer Brotzeit im großen Pfarrhaus, gab es wie immer auch Wein und Schnaps, was zu Argwohns Leidenschaften gehörte. Einer seiner Lieblingssprüche war immer: „Jetzt trink doch einmal einen Schnaps, damit du ein richtiger Kerl wirst."

Auf jeden Fall saßen wir früher oder später auf der SA-braunen Ledercouch. Ich trug eine recht enge Jeans, die ihn scheinbar schon den ganzen Abend reizte, bis er plötzlich über mich herfiel und sagte: „Jetzt lass mich doch mal ran …"

Mit 22 Jahren kann man sich doch schon einigermaßen wehren. Ich stieß ihn weg und verschwand im Gästezimmer, welches ich bestens abriegelte. In der Frühe wurde wortlos gefrühstückt, dann die Messe gefeiert, zu Mittag gegessen und nach einem sehr wortkargen Abschied fuhr ich wieder nach Hause.

Allerdings, nachdem er sich dann aus Peinlichkeit mehrere Wochen nicht meldete, nahm ich wieder Kontakt auf. Ich dachte, naja, er ist halt auch in erster Linie ein Mensch und was soll's, er wollte es einfach mal bei mir probieren …

In den folgenden Jahren gab es keine tätlichen Übergriffe mehr, aber immer wieder zweideutige Andeutungen, um aus mir vielleicht doch das eine oder andere Geständnis zum 6. Gebot zu entlocken.

Dafür, dass ich mit nichts rausrückte, erzählte er immer wieder von seinen sexuellen Erlebnissen mit einem bi-sexuellen Ehemann, den er immer besuchte, wenn dessen Frau mit den Kindern verreist war, oder auch von seiner Jugendliebe, die er noch vor seiner Priesterweihe durch einen Motorradunfall verlor. Ein Bild stand immer auf seinem Schreibtisch, welcher von einem schweren, barocken Altarkreuz in der Mitte dominiert wurde.

Reginald sagte immer zu mir, dass Homosexualität nie im Leben akzeptiert werden würde und regte sich maßlos darüber auf, dass ich mein Coming Out einfach als selbstverständlich durgezogen habe.

Dabei möchte ich ganz kurz auf ein damit zusammenhängendes Zitat meiner geliebten Oma Klara hinweisen.

Sie wusste irgendwo her von meiner Affäre mit einem jungen Mann. Als ich sie eines Tages nach Alzey zum Friseur fuhr, sagte Sie: „Ei Bub, wann de ach ko kadolischi Fra gefunn hosch, do vegreift mer sich doch net an ä me Mannsbild!" Also: Mein Junge, wenn du auch keine katholische Frau gefunden hast, dann vergreift man sich doch nicht an einem Mannsbild.

Wie bereits erwähnt, war in meiner Heimatgemeinde das Ministrieren oder wie es hier eher genannt wird, Messdienen, für Mädchen schon üblich. Reginald hatte ja immer wieder in allen möglichen Gemeinden ausgeholfen und er war immer schockiert, wenn da Mädels in die Röcke schlüpften und das Rochett (ein weißes Hemd mit großen weiten Ärmeln) über sich zogen.

„Fürchterlich", so sagte er immer, „die Mädchen sind immer so unruhig und dann bekommen sie irgendwann schon einen Busen, der sogar trotz Rochett sichtbar wird, das ist einfach schrecklich und unästhetisch. Kleine Buben hingegen, sind doch einfach herrlich. Man kann sie für alles begeistern und bei dem einen oder anderen entsteht ja auch vielleicht die Berufung zum Priester." So dachte er immer. „Ach ist das ein schöner Bub", so sagte er oft in allen möglichen Gemeinden, in denen ich ihn zum Orgel spielen begleitete. „Du kommst mit, da weiß ich, dass alles klappt, sonst sitzt wieder irgend so ein Arschloch an der Orgel und versaut mir alles!"(seine Show).

Geistesblitz am Lenkrad

Als er noch im Hunsrück eine Gemeinde zu betreuen hatte, während er schon im Ruhestand war, hatte Reginald eines Tages einen schweren Unfall in einer engen Kurve, wovon es ja im Hunsrück so schrecklich viele gibt.

Er saß in seinem dicken Mercedes und ihm kam ein anderes Fahrzeug mit überhöhter Geschwindigkeit auf seiner Seite entgegen. Geistesgegenwärtig und gerade sowieso beim Rosenkranzgebt, steuerte er seinen Wagen blitzschnell gegen einen Baum. Außer einem Schock war ihm nichts passiert und er stieg aus seinem demolierten Auto und ging zu dem anderen Wagen, der sehr schlimm aussah. Er konnte gerade noch für den sterbenden Mann die Sterbegebete sprechen. Da war er ganz in seinem priesterlichen Element und einmal zur richtigen Zeit an der richtigen Stelle.

Solche Erlebnisse hielten ihn aber nie ab davon, auch stark angetrunken seinen Wagen zu lenken! An einem anderen Abend hatte er daher auch nach erheblichem Alkoholkonsum eine Verkehrsinsel abgeräumt. Alle Schilder waren wie rasiert und er fuhr weiter, als sei nichts geschehen. Die Polizei stoppte ihn und sagte: „Haben sie denn nicht bemerkt, was sie da gerade angerichtet haben?" Und er hielt sich die Hand vor den Mund und sagte vollkommen erstaunt „Waaas?"

Ja, das war es dann nun für die nächsten zwölf Monate mit dem Autofahren! Führerschein weg, und eine Geldbuße und die Rechnung für die Instandsetzung der abgeräumten Verkehrsinsel kamen dann auch umgehend ins Haus geflattert.

Trotz allem, im Handschuhfach des Wagens befand sich immer eine kleine Flasche mit Schwarzwälder Kirschwasser. Und sobald es ihm vom Kreislauf her etwas schlechter erging, musste ein großer Schluck aus der Flasche gezwitschert werden. Mit seinem Kreislauf ging es ja oft rauf und runter!

Seine riesige Christophorus-Plakette am Armaturenbrett konnte gegen seine Alkoholexzesse auch nichts tun. Der Heilige Christophorus, was übersetzt soviel wie „Christusträger" bedeutet, trägt nicht nur durch die Zeit, sondern er muss auch so manches „ertragen" und nicht wenig bei den Dienern des Herrn.

Triebige Beichtende

„Ach, das war ja immer etwas, wenn da ein Mann im Beichtstuhl saß und sich beklagte, dass ihn seine Frau nicht mehr ranließe. Er befriedigte sich selber und das war eben eine schwere Sünde, aber ich konnte das nur all zu gut verstehen und war in der Beichte immer sehr großzügig. Andere plagte die schwere Sünde, mit Kondomen verhütet zu haben, selbst da habe ich großzügig die Absolution erteilt. Ich musste eben auch immer an die Frauen denken, die ja nun schon einen Stall voller Kinder hatten und wenn die Männer wieder triebig waren, was sollte man (oder Frau) dann tun in ihrer Not?" So ein weiterer Ausspruch von Reginald.

Voller Frust, so sagte er, habe er einem Kaplan, den er in seinem Pfarrhaus als Hilfe hatte, die sofortige Versetzung befohlen. Was war geschehen? Dieser Kaplan hatte sich doch glatt in so ein Weibsbild verknallt. „Du weißt eh, so eine bumsgeile, die nur darauf wartet, dass sie es schafft, einen Priester zum Bruch des Zölibats zu bewegen. Ich habe ihn nach dieser Beichte zum sofortigen Ortswechsel gezwungen und auch die Oberen im Ordinariat informiert, dass man ihn weit weg versetzt. Ihm befahl ich zusätzlich, dass er diesem Weib nicht sagen dürfe, wohin er versetzt wird und überhaupt, sofort den Kontakt abbrechen musste! Heute tut mir das irgendwie leid. Er war doch noch so ein junger und unerfahrener Mann und vielleicht war er ja wirklich verliebt und Liebe ist doch so etwas Schönes."

In späteren Jahren hatte er in einem ähnlichen Fall einem jungen Kaplan geraten, sich zu prüfen. Dieser hatte ihm erzählt, dass ihm eine junge Frau nachstieg und dass sie ihm ja eigentlich auch gefallen würde. Er habe mit ihr bei einem Fest getanzt und hatte dabei einen steifen Schwanz in der Hose. Reginald machte sich manchmal darüber lustig und sagte: „Vor dem Essen einen Tanz, hebt die Stimmung und … das Wohlbefinden".

Ein anderer Mitbruder, der sich auch ab und zu bei Reginald „auskotzte", so wie er ein offenes Beichtgespräch auch manchmal nannte, trug ihm sein Leid mit jungen Mädchen zu. Er war bereits über 50 Jahre alt und hatte als Hobby eine alte Windmühle in Holland gekauft und renoviert. Viele Tiere und natürlich viele junge Mädels, die ja so sehr auf ihn standen.

„Ach, du hast doch nichts mit diesen jungen Dingern gemacht, oder etwa doch?", So sagte Reginald zu ihm und: „Außerdem verfolgen die ja dich und du kannst dich kaum noch dagegen wehren. Das ist alles halb so schlimm!"

Wenn dieser Mitbruder seine Wohnung verlassen hatte, rief mich Reginald an und sagte: „Der Walter wieder mit seiner Moulin Ruge, der kann einem schon gewaltig auf den Geist gehen. Da fängt er sich was mit den jungen Dingern an und weiß nicht, wohin mit seinem schlechten Gewissen. Das nimmt mit dem einmal ein bitteres Ende! Aber, das muss ich ihm zugestehen, Geschmack hat er. Er hat wunderbare alte Ölgemälde und auch ein paar schöne Barockfiguren. Und trotzdem nicht genügend Geschmack, um endlich mal seine hässliche Kirche gescheit renovieren zu lassen. Da sieht man wieder einmal, wo die persönlichen Prioritäten liegen!"

Wie heißt es da so schön in einem meiner geliebten Nepomukliedern: In ihm zeigst du die hohe Pflicht, zu halten fest was man verspricht und lehrst dabei, wie klug und treu die Führer der Gewissen, ihr Amt verwalten müssen!

Perverse Gesten, Zungenspielchen und Kalbsfleisch

Beim Betreten einer katholischen Kirche ist es selbstverständlich, in Erinnerung an die eigene Taufe die Finger etwas mit Weihwasser zu befeuchten und sich damit zu bekreuzigen. Man tut das eigentlich immer, außer man kommt direkt zu einem feierlichem Amt, in dem der Priester zu Beginn mit dem Aspergill (Weihwasserwedel) durch den Mittelgang zieht und das Weihwasser aussprengt, denn dann erübrigt sich die Selbstbetätigung.

Diesen Ritus nennt man Asperges und dazu singt man natürlich wieder den schönen Hymnus „Asperges me". Es gibt eine Ausnahme für die Osterzeit, denn da ist ja bekanntlich alles noch feierlicher und man singt den Hymnus „Vidi aquam", „Ich sah Wasser aus der rechten Seite des Tempels hervordringen …"

Nun, eine Kirche im Beisein meines Freundes Reginald Argwohn zu betreten, musste mit aller Vorsicht geschehen. Er legte Wert darauf, als erster seine Finger zu befeuchten und diese feuchten Finger zunächst mir zur Berührung hinzuhalten. Erst dann konnte man sich bekreuzigen. Für mich eine etwas widerliche Art, aber für ihn war es wieder einmal eine Möglichkeit, in etwas engeren Kontakt zu kommen. Hatte ich dieses Praxis einmal übergangen und selbst schon mein Weihwasser genommen, so gab ich es nicht weiter. Das war dann der Auslöser für eine mittlere Katastrophe.

Überhaupt war er ja sehr gesprächig und hatte keinerlei Kontaktschwierigkeiten. Aber um die etwas andere Art eines gewünschten Kontaktes herbeiführen zu wollen, hatte er sich etwas ganz Schreckliches angewöhnt. Während er mit mir redete und mich anschaute, spielte er permanent mit seiner gespitzten Zunge flink zwischen den Lippen hin und her. Ich bin zwar kein Psychologe, aber die Bedeutung ist, denke ich mal, ganz leicht zu interpretieren. Vielleicht hätte ich sagen sollen, „Lass das!", oder „Was soll das?". Aber es hätte nichts genützt, mit Sicherheit nicht!

Eine gottesdienstliche Geste jedoch hasste er und darin stimmten wir überein. Es war der banale Friedensgruß, den sich die Gläubigen und der Klerus kurz nach dem „Pater noster"(Vater unser) austauschen. Für uns eine mehr als störende, ja geradezu Unruhe stiftende Sache, bei der man nicht mitmachen und als Geistlicher erst recht nicht die Aufforderung dazu geben sollte.

Überhaupt waren wir ja der Überzeugung dass auch die liturgische Platzierung total falsch sei für ein solches „Händereichen". Uns wäre es doch lieber gewesen, diese Aktion würde vor der „Opferung" bzw. der Gabenbereitung stattfinden, dann könne man sich noch auf ein Bibelzitat berufen das da sagt: „Bevor du deine Opfergabe zum Altar bringst, versöhne dich erst mit deinem Bruder, dann gehe und bringe deine Gabe zum Altar ...". Wer weiß, vielleicht hätten Reginald und meine Wenigkeit da mitgemacht – oder auch wieder etwas anderes zu bemängeln. Wichtig ist in diesem Fall ja, dass der Priester sagt: „Der Friede des Herrn sei alle Zeit mit euch" und dies ist eine wirksamer Wunsch, der keine Unterstreichung durch ein banales Händeschütteln benötigt.

Private Begrüßungen und Verabschiedungen mussten bei Reginald natürlich mit einem gegenseitigen Aneinanderpressen der Wangen geschehen und nicht selten fiel die Bemerkung: „Das ist eben doch etwas anderes, so ein frisches „Kalbsfleisch"! – Ich bin zwar jetzt 40 Jahre alt, aber man bedenke, dass zwischen Reginald und mir fast genau ein halbes Jahrhundert Altersunterschied bestand.

Eutropia – Raubzüge mit heiliger Absicht

Es wäre ja nicht so gewesen, als ob Reginald Argwohn kein Geld gehabt hätte, nein, er hatte ja vier große Häuser in seiner Heimat geerbt und verkauft. Also war immer mehr als genug Geld auf der Bank. Aber das ist für einen Jäger und Sammler nicht ausreichend!

Mit einem seiner ehemaligen Ministranten hatte ich auch später noch Kontakt und dieser berichtete mir bei einem Besuch vom Ablauf eines „Raubzuges" unter dem Decknamen eines Ministrantenausflugs.

Dieser besagte Ministrantenausflug führte in den schönen Schwarzwald. Weniger wegen des Waldes, als der schönen Kirchen und Kapellen wegen. Eine St. Pirminus-Kapelle war Argwohns Ziel, denn darin befand sich so manches, was sein Herz höher schlagen ließ. Da waren viele barocke Bilder und Reliefs, Altarverzierungen und geschnitzte Kerzenleuchter. So eine überfüllte Kapelle, das muss ja auch nicht sein. Und so dachte er, „es fällt bestimmt nicht auf, wenn ich da so ein paar Sachen mitgehen lasse". Die Ministranten wurden schnell umfunktioniert zu Räubern aus dem Film „der große Clou", oder aus „die Hamsterbande". Zwei standen draußen vor der Kapelle Schmiere und zwei andere räumten mit Argwohn das leicht greifbare und nicht befestigte Gut von den Wänden und dem Altar herunter.

„Ach", so sagte er in späteren Jahren zu mir, „das hat bestimmt bis heute noch niemand gemerkt". Und von so manchen aus Kirchen geraubten Dingen, in denen er als Geistlicher Vertretung gemacht hatte, meinte er nur „das ist alles nur gerettet! Dort fliegt es unbeachtet in einer Ecke rum und hier hab ich es schön als Andachtsgegenstand vor mir und ich kann es ja auch wieder zurück vermachen".

Ein solches Testament hätte ich gerne einmal gesehen und vor allem, wäre ich gerne ein Mäuslein bei der Testamentsverlesung durch den Notar gewesen!

Ich war selbst auch einmal mit Reginald in einer St. Kummernus-Kapelle, als er plötzlich im Vorbeigehen an einem der Seitenaltäre eine geschnitzte Verzierung abbrach und in seinem weiten Mantel verschwinden ließ. „Das ist doch alles mit viel Liebe fürs Detail und mit viel Spendengeld renoviert und du reißt das einfach ab", so sagte ich zu ihm! Er meinte nur: „Von den blöden Nonnen merkt das eh keine und ich weiß schon genau, wo das Teil bei mir in der Wohnung hinpasst!"

Die Heilige Kummernus wird mit einem langen Rauschebart und Ballkleid an ein Kreuz genagelt dargestellt. Sie steht für die personifizierte „Bekümmernis Christi" am Kreuz. Und das war, so schien mir, wieder einmal ein wahrhafter Grund dafür, dass Christus sich für so manches Verhalten seiner Diener schämt und bekümmert ist!

Contra naturam – Gegen die Natur

„Homosexualität ist Contra naturam, und das ist auch Lehre der Kirche", betonte er immer wieder, wenn Reginald und andere Priester auch selbst scheinbar schon oft Contra naturam gehandelt hatten. Ich dachte mir immer, was denn an meinem Leben Contra naturam sei? In der Natur findet man doch überall die Homosexualität. Wenn hier etwas Contra naturam ist, dann ist dies doch der kirchliche Zölibat, schließlich kommt der nirgendwo in der Natur vor und ein notwendiges Opfer, das man im Zölibat sieht, kann ich auch nicht feststellen. Sagte doch Christus selbst: Nicht Opfer will ich, sondern Barmherzigkeit! Es heißt auch, du sollst nicht lügen. Doch der Zölibat fordert durch die ganzen Vergehen der Geistlichen gegen den Zölibat ja geradezu auf, zu lügen und zu vertuschen, so dass dies schon zur Gewohnheit wurde.

Heute weiß doch ein jeder, der sich mit Kirchengeschichte und mit der katholischen Moral etwas auskennt, dass spätestens seit dem Heiligen Offizium von 1611 die Menschheit, egal ob Homo- oder Heterosexuell, völlig „entsexualisiert" worden ist. Die katholische Gegenreformation tat noch den Rest dazu und fertig ist der verkorkste Keuschheitsidealbrei, den wir alle heute noch fressen sollen.

Die homophoben Priester sollten immer auf der Hut sein, dass sie nicht das göttliche Gericht früher ereilt, als sie denken. So wie es dem homophoben Dominikanermönch Savonarola († 1444) erging. Dieser erreichte beim Florentiner Rat eine Gesetzesverabschiedung zur Verbrennung der Homosexuellen. Kaum etwas über drei Jahre später brannte er selbst!

Buhlende Seminaristen und Telefonsex mit „Forelle Müllerin"

Was dem lieben Reginald immer gelang, war eine Menge Seminaristen um sich zu scharen. Das nutzte er immer wieder auch aus, um diese gegeneinander auszuspielen, und er genoss es regelrecht, wie sie um seine Gunst buhlten. Schließlich gab er sich ja auch finanziell sehr großzügig, was in den Seminaristen-Kreisen wohl bestens bekannt war.

Er war sehr darauf bedacht, dass alle von seinen Gewohnheiten lernten und sich mit schönen Dingen zu umgeben verstanden. Einer seiner „Lieblinge" fiel immer wieder in Ungnade, da er es nicht verstand, sich bei Tisch zu benehmen. Er sagte immer wieder: „Der Oskar war wieder da. Der hat gefressen, so schnell konnte ich gar nicht hinschauen, war sein Teller leer und er hat noch meine Reste aufgegessen. Sogar am Telefon schmatzt er immer in den Hörer, so dass ich immer auflegen und ihm sagen muss, dass er entweder vor oder nach dem Essen anrufen soll."

Wir waren wieder einmal gemeinsam unterwegs, als wir in einem Wirtshaus den Studienrat Pfarrer Müller trafen. Dieser gesellte sich an unseren Tisch und verspeiste in recht gespreizter Art und Weise eine „Forelle Müllerin".

Der Name war mir bereits in Erinnerung, da mir ein Geistlicher bereits erzählt hatte, dass dieser Pfarrer Müller immer wieder versuchen würde, Telefonsex zu veranstalten!

Mich ekelte es an, das zu wissen und ihn so gespreizt essen zu sehen. Alleine das Abziehen der Fischhaut sah widerlich aus und der Name „Forelle Müllerin" hatte seitdem eine Doppelbedeutung bei meinen Gesprächen mit Reginald. Ihm erzählte ich nichts von meinem Wissen über die Telefonsex-Story, sonst hätte ich ihn sicher damit aufgegeilt, was ich ja stets zu vermeiden versuchte.

Von seinem Zögling Franz Xaver Klayrfauchs, habe ich erst nach dem Tode von Reginald erfahren, dass dieser ihn im Kindsalter regelmäßig im Pfarrhaus befummelt hatte. Das war ein großer Schreck und eine Bestätigung für meine Vermutungen, dass Reginald Argwohn sich bei seinen sogenannten Beichtgesprächen auf dem Zimmer auch sehr intensiv um die Burschen gekümmert hatte.

Es war auch ein großer Schreck, nach seinem Tode zu erfahren, dass viele seiner gesammelten Devotionalien gar nicht gekauft waren, sondern dass er mit seinen Ministranten regelrechte Raubzüge veranstaltet hatte, wie der vorher schon beschriebene. Der Besitz dieser Devotionalien war für ihn auch immer ein wenig als eine Art Erpressermethode gedacht. Nach dem Motto: Wer mich umsorgt im Alter, oder gar aufnimmt, dem soll dies alles gehören.

Einen leichten Herzanfall erlitt er, als ich ein solches Angebot dankend ablehnte und mit Freunden für einige Monate nach Mallorca zog. Das hatte ihn sehr getroffen, wo er doch wusste, dass ich auf seinen barocken Schnick-Schnack stand. Mir war schon immer meine Freiheit lieber und zum Thema kirchliche Moraltheologie und meiner Homosexualität bedachte ich immer die Worte des Heiligen Thomas von Aquin, der an einer Stelle sagt, dass über jedem Kirchengesetz das eigene Gewissen steht und dem muss man folgen! So gibt es für mich auch keinen Widerspruch in meinem Leben und alles bestens miteinander vereinbar. Im Gegenteil, ich lebte frei und ohne die Lüge, die Gott beleidigen würde. Auf wessen Mist die biblischen Aussagen des Paulus und anderer Homophoben gewachsen sind, ist mir völlig egal.

Heute weiß man, dass sehr viele Texte nicht authentisch sind und vieles im Nachhinein verändert, oder auch einfach falsch übersetzt wurde. Aber dieses theologische Sachgebiet ist nicht mein Thema, das überlasse ich den Fachleuten und empfehle an dieser Stelle wärmstens das Buch „Eunuchen für das Himmelreich" (Heyne-Verlag) von Frau Uta Ranke-Heinemann. Vielleicht braucht die Kirche genau diese Frau, um Licht ins Dunkel zu bringen, wenn es die Männer nicht schaffen.

Geistliche habe ich immer so erlebt, dass sie für alles eine Ausrede oder eine Hintertür zur Verfügung haben. Ein Beispiel dafür war auch immer das Essengehen mit Reginald. War dies an einem Freitag, der ja fleischloser Abstinenztag sein sollte, so fand er immer eine geniale Ausrede für ein Fleischgericht, wenn auch nicht mit genauer kirchlicher Begründung. Einmal war das Hochfest der Geburt Johannes des Täufers: „den müssen wir ja feiern, da darf man auch Fleisch essen", oder ein anders Mal war es das Fest des heiligen Kaiserehepaares Heinrich und Kunigunde ...

Auch in der Liturgie nahm er sich Freiheiten heraus, die nicht im Ordinarium der Kirche vorgesehen waren. Zum Beispiel feierte er im Jahreskreis keinen der grünen Sonntage. Er bevorzugte es, einen wichtigen Heiligen oder ein Geheimnis aus dem Leben Jesu und der Gottesmutter am Sonntag nachzufeiern in prachtvollen weißen oder goldenen Messgewändern mit allem nur möglichen Pomp!

Überhaupt war es ihm immer wichtig, das königliche Priestertum und nicht zuletzt sich selbst darzustellen.

In einer Gemeinde, in der er Vertretung machte, sagten einmal die Gläubigen nach der Messe: „Wo hat man den denn ausgegraben?"

In einer anderen Gemeinde warf er eine Kommunionhelferin aus der Sakristei, weil sie ein recht großzügiges Dekolleté hatte. Wiederum in einer Aushilfsfunktion predigte er gegen die Papstkritiker und meinte: „Solche Leute gehören abgeschossen!" Daraufhin musste er sich am folgenden Sonntag offiziell entschuldigen – was ihm sehr, sehr schwer fiel.

Überhaupt waren seine Predigten durchwegs geprägt vom emotionalen Wettern gegen Sozialismus, Modernismus, Ökumene, die moderne Frau, die Theologen Uta Ranke-Heinemann, Hans Küng, Eugen Drewermann und die

Verfolgung der Kirche in der Nazizeit, die ihm die Jugend geraubt hatte und seine Priesterweihe verzögert hatte. Er wollte immer schon Priester werden. Nicht, weil er gerne mit Menschen Umgang hatte und Ihr Seelenführer sein wollte, sondern um in Pracht und Gloria das Heilige Messopfer zu feiern. So war seine Einstellung.

Nachdem er mich ja auch über Jahre hinweg immer mit dem Thema Beichte und sechstes Gebot genervt hatte, habe ich ihm einmal einen dreiseitigen Brief geschrieben, der das Thema mit einem Ausspruch des heiligen Augustinus beendete: „Von was das Herz voll ist, davon strömt der Mund über …"

Immer nur eins: SEX

Ein weiterer Umzug stand an und zwar in die altehrwürdige Abtei St. Athanasius.

Dort leben Ordensschwestern und die alten barocken Gebäude und Räumlichkeiten entsprachen ganz dem priesterlichen Machtanspruch von Reginald Argwohn.

Was er wohl nicht bedachte, war, dass ihm bereits nach einigen Wochen das „von den Nonnen bemuttert werden" sehr auf den Geist gehen würde. Abends gegen 22.00 Uhr kam Schwester Kreszentia immer noch auf einen Schnaps bei ihm vorbei. „Dann", so sagte Reginald, „reibt sie sich immer den Unterleib und sagt, sie habe starke Schmerzen. Die ist in mich verliebt!" Diese Überzeugung hatte er lange Jahre, bis er erfuhr, dass sie Blasenkrebs hatte! Er ging immer davon aus, dass alle Menschen wären wie er selbst und immer nur das eine wollten: SEX!

Knackige Brüder und die „Bumsweiber"

Ich war öfters im Kloster zu Besuch und dachte immer, dass man hier gar nicht anders als keusch leben könnte. Zu der Überzeugung brachten mich die Betten, die wie vor hundert Jahren mit allen möglichen Leintüchern bedeckt waren, die rundum noch unter die Matratzen gesteckt waren und somit keinerlei Bewegungsfreiheit mehr gewährten, um auch nur einen Millimeter zu den Genitalien vorzudringen!

Einen Wochenendaufenthalt in Kloster Beuron genehmigten Reginald und ich uns dann auch einmal. Er bezeichnete sich ja immer als vollkommen unkompliziert. Genau das Gegenteil war aber der Fall. Er ließ sich die Tasche tragen und wollte gegenüber Fremden auch als Herr Pfarrer angesprochen werden, was für mich oft etwas verwirrend war, da er sich ja sonst nur mit Reginald oder Regis ansprechen ließ.

Eine Entwarnung gab es nur für den Fall, dass wir in ein Schwimmbad gehen sollten. Dort dürfe ich NIEMALS, wenn er in der Badehose wäre, Herr Pfarrer zu ihm sagen!

Angekommen in Beuron besichtigten wir das Kloster und bezogen unsere Zimmer im gegenüberliegenden Hotel Pelikan. Nach dem Mittagessen genehmigte Reginald sich immer einen Mittagsschlaf. Er konnte es sich nicht verkneifen, zu mir zu sagen: „Du kannst dich ja auch ins Bett legen, oder du schaust mal drüben im Kloster, dort findest du bestimmt einen jungen knackigen Bruder!" Diese Anspielungen fand ich immer widerlich, aber so war er.

Besonders schrecklich war er ja in seiner Meinung über die Frau im Allgemeinen. Eine Frau sollte immer ganz nach dem Abbild der Gottesmutter sehr mütterlich sein und ihre Rolle in Familie und Gesellschaft im Hintergrund erfüllen. Der Anblick einer jungen Frau, die auf der Straße mit dem Kinderwagen unterwegs war, genügte ihm zu sagen: „Diese Bumsweiber! Da angeln die sich einen Mann, lassen sich bumsen und wenn sie das haben, worauf eine Frau abzielt, das Kind, dann lassen sie den Mann nicht mehr ran. Schrecklich!"

Reginalds Finale

Letztendlich war voraussehbar, dass nach wenigen Jahren St. Athanasius auch da wieder der Aufbruch für Reginald kommen musste, denn das war schon eine recht lange Zeit für Ihn!

Jetzt ging es zurück in seine Heimatstadt Cochem an der Mosel. Eine Wohnung in einer Villa am Steilhang mit ca. 100 Stufen bis zum Haus hinauf – und das im Alter von 80 Jahren! Sehr wagemutig, aber so war er. Seine Begeisterung über den herrlichen Blick auf die Mosel und so viele Sehenswürdigkeiten verschlossen ihm den Blick auf sein Alter und seine körperliche, zunehmend schlechte Verfassung. Aus Cochem wurde eine große Enttäuschung und nach einem Jahr zog er schon wieder weiter in seine Geburtsstadt Kaiserslautern, wo er in einem Miethaus eines Pflegeordens eine großzügige Wohnung bezog.

Nicht ganz uneigennützig gedacht von diesen Ordensleuten, die sich ein nahendes Ende und seinen Reichtum an figürlicher Plastik und 100.000,00 € auf dem Konto nicht entgehen lassen wollten und es letztendlich auch bekommen haben.

Ein reger Kontakt mit dem kleinen Konvent kam nie so richtig zustande und da war die starke Dominanz von Reginald maßgeblich schuld. Denn die Geistlichen dort sprachen recht offen über Sex, Sauna und große Schwänze, was ihn zwar einerseits interessierte, worüber er andererseits geschockt war. Angesichts einer solch liberalen und unkeuschen Lebensart von Geistlichen zog er den Rückzug in sein barockes Schneckenhaus vor.

Später wechselte er dann auf die Pflegestation des Spitals St. Karolus Magnus. Zu der Zeit hatte man auch schon seitens des Ordens einen Keil zwischen Reginald und mich getrieben, sodass ich nicht einmal bestimmte, mir versprochene Gegenstände, nach seinem Tode erhielt.

Also, wenn etwas aus den vielen Begegnungen mit Reginald in Erinnerung geblieben ist, dann sind das die vielen Schnäpse, seine wagemutigen Autofahrten, die oft im Unfallchaos endeten, seine frauenfeindlichen Aussprüche und die endlosen Versuche, sich an erotischen Gesprächsthemen aufzugeilen! Wie sehr muss ein solcher Mensch unter dem Pflichtzölibat gelitten haben und darunter, seine eigentliche homosexuelle Veranlagung verbergen zu müssen? Gott allein weiß es und er hat ihn vor wenigen Jahren aus dieser Hölle erlöst!

Priester – Puff – Penetration

Anfang der 90er Jahre hatte ich mein berühmt berüchtigtes „Coming-out", was damals auf dem Land nicht gerade willkommen war, aber doch so glimpflich für mich verlief, dass es fast schon ein voller Erfolg wurde. Bis auf einige familiäre Streitigkeiten und ein paar schräge Töne aus der Welt des Fußballs war es das dann auch schon. Insgesamt gab es bemerkenswert viele ältere Leute, die mich zur Seite nahmen und mir positiven Zuspruch gaben.

Mein Freund Reginald Argwohn war da ja anderer Meinung und verurteilte mich wegen des Coming-outs auch ganz energisch. Aber er sprach mir auch seine Bewunderung darüber aus, dass ich ihm offen am Telefon meine homosexuelle Veranlagung gestand. Übrigens war es ausgerechnet ein anderer mit mir befreundeter Priester, der in Bezug auf Reginald Argwohn meinte: „Der soll sich ein paar hundert Mark nehmen, ins Puff gehen und sich mal richtig durchficken lassen, damit er wieder klar denken kann!"

Vielleicht hätte ich ihm ja auch diese Empfehlung gegeben, aber seine Reaktion im Voraus wohl wissend tat ich das natürlich nicht.

Eine dazu passende Situation hatte ich einmal in meiner Funktion als Küster in der Heimatpfarrkirche. Den Marienaltar hatte ich für die Weihnachtszeit besonders schön geschmückt und einen goldenen Satin als Antependium besorgt (Antependium ist eine textile Frontverkleidung für Altäre an Festtagen). Nach meinem Geschmack war es nicht tuffig, aber als der polnische Aushilfspriester die Kirche betrat, war das erste, was er sagte nicht „Gelobt sei Jesus Christus", sondern: „Was ist denn das, das schaut ja aus wie in einem Puff!" Ich entgegnete nur: „Hallo Herr Pfarrer, ich weiß leider nicht wie es in einem Puff ausschaut, aber ich habe mir hier viel Mühe gemacht!"

Ich wundere mich heute noch darüber, welch eklatant unterschiedliche Leute ich damals in meinem Freundeskreis hatte. Da waren die ganzen verschiedenen Geistlichen, alte Freunde aus der Schulzeit, Kolleginnen und vor allem immer wieder neue Freundinnen, die so schräg drauf waren, dass die eine in Worms sogar den Spitznamen die „Wormser Blasmaschine" hatte!

Aber als heutiger Freigeist denke ich, dass ich im Prinzip seit meinem Coming-out auch keinerlei Berührungsängste mit Menschen hatte und habe, die einfach ein ganz anderes Leben führen. Lebe ich doch auch recht facettenreich, von Wallfahrtsmessen über Discothekenbesuche – sowohl in der Szene als auch im „normalen" Bereich, von Blasmusik über Kirchenorgel bis hin zur Technomusik und Milva, alles was das Herz begehrt, ist erlaubt. Denn ich bin ein freies Geschöpf Gottes, das sowohl an Gott, als auch am farbprächtigen Leben seine Freude und eine Menge Spaß hat.

Die Wormser Blasmaschine

Ich kombiniere den Besuch eines Geistlichen mit dem einer guten Freundin, die vielleicht vorher gerade schon drei Männer vernascht hat und wo liegt das Problem? Weiß ich, was der Geistliche vor fünf Minuten noch in Händen hatte? Und das kann weiß Gott viel gewesen sein, wie ich meine Pappenheimer kenne.

Nicht nur, dass meine Freundin Lucretia den üblen Namen „die Wormser Blasmaschine" abbekommen hatte, nein, sie machte diesem auch noch die größte Ehre. Drei Liebhaber parallel zueinander zu haben, ohne dass der eine vom anderen etwas mitbekommen durfte, das war keine Seltenheit.

Als einer ihrer besten Freunde hing ich auch viel mit ihr in Discotheken und Clubs rum und oftmals kamen diverse Interessenten zuerst auf mich zu, um sich über mich an die flotte Lucretia ran zu machen.

Ganz klar, dass die Liebhaber, die sich der ungeteilten Zuneigung und Liebe von ihr nicht sicher waren, auch eines Tages mit ihren Befürchtungen zu mir kamen, um sich auszuheulen. Und so begab es sich, dass an einem Abend, an dem ich einen Ihrer Liebhaber erwartete, um ein Gespräch über besagte Freundin zu führen, auch noch die beiden anderen im Abstand von einer halben Stunde bei mir aufkreuzten und sich fast die Klinke in die Hand gaben. Zu guter Letzt kam die Dame ihres Herzens selbst auch noch. Ich war echt sauer, weil ich für mein eigenes Liebesleben schon kaum noch Zeit fand und Lucretias geile Macker bei mir ihren Frust abluden. Dann kam die Blitzehe mit einem Schwarzafrikaner, der nach einigen Wochen die Blitzscheidung folgte. Daraufhin musste es ein Indianer sein, aber wo einen hernehmen? Tja, für Lucretia war das gar kein Problem, denn eines Nachts in einer Discothek sagte sie bei der Begrüßung stolz: „So, jetzt hab ich einen Indianer, schau ihn dir an, hier ist er". Ich schaute und was ich sah, war ein Türke mit einer recht großen, leicht indianisch anmutenden Nase. Klasse dachte ich, das Problem ist jetzt auch gelöst und wenn die Nase hält, was sie verspricht, dürfte sie so schnell keine weitere „Ménage à trois" benötigen.

Irgendwie paradox, aber was sich in einem Winter abspielte mit Lucretia, war schon filmreif. Ich hatte eine Vorliebe für Persianerpelze und als ich einen alten schwarzen Persianermantel von der verstorbenen Oma eines Freundes geschenkt bekam, war ich ganz stolz. Ich rief Lucretia an und sagte: „Du, ich hab jetzt endlich einen Persianer!" Sie fand das nicht so toll und entgegnete regelrecht fauchend: „Ich hab dir schon hundert Mal gesagt, fang dir nichts mit einem Ausländer an!"

Soviel zum Thema Indianer und Persianer, wir hatten immer eine Riesengaudi, bis ich durch meine Umzüge den Kontakt abgebrochen habe.

Mit meinem außergewöhnlichen Humor, der ja gerne in Rheinhessen vertreten ist – und das nicht nur wegen Fastnacht – gelingt mir stets der Spagat zwischen den verschiedensten Welten, ohne den Schwung zu verlieren oder mich selbst zu verraten.

Gabor Balaton, die heiße Gulaschkanone aus der Puszta

In den 90ern gab es in meinem Umfeld einen geistlichen, der aushilfsweise aus Ungarn in die Diözese Mainz gekommen war. Er war ein absoluter Freigeist, der eigentlich eher als Chef in eine kommunistische Kolchose gepasst hätte. Dementsprechend kann man sich ja vorstellen, dass man in seinem Umfeld insgesamt auch etwas legerer in ALLEN Bereichen umgegangen ist.

Doch verdanke ich diesem Mann auch die Erkenntnis, viele Dinge nicht so streng und dogmatisch sehen zu müssen, sondern eher allem, vor allem auch den uns fremden Dingen locker und gelassen, positiv und neugierig entgegenzugehen.

Er schenkte mir einmal zu Weihnachten ein Gregorianik-Seminar in einer Abtei. Was mich dort erwartete, kann ich im Nachhinein nur so deuten, dass es für mich weniger als Weiterbildung zum Thema Gregorianik gedacht war, als eher dazu, dort einen passenden Liebhaber zu finden, der nun mal Mönch, oder vielleicht auch Organist wäre.

Nun, ich besorgte mir das sogenannte Graduale Triplex (ein Gesangbuch für Geistliche mit Chorälen und drei verschiedenen Neumenarten) und fuhr in diese mir unbekannte Abtei. Bereits nach wenigen Minuten erkannte ich, dass hier alles anders war als anderswo und beschloss, für mich das Beste daraus zu machen.

Zum einen war ich auch etwas enttäuscht von der hässlichen, fast erst neu erbauten Abtei, an deren Platz scheinbar tatsächlich im Mittelalter eine altehrwürdige Klosteranlage gestanden hatte. Aber ein solcher neumodischer Backstein-/Betonbau – igittigitt. Zum anderen waren die Teilnehmer alle überhaupt nicht so mein Ding.

Sie waren bunt gemischt aus allen möglichen Bereichen, die man sich so vorstellen kann und ich war der einzige Organist. Verblüffend für mich war allerdings, dass ich der einzige war, der das normale Notensystem nicht beherrschte und erst recht nicht das vierzeilige, welches im gregorianischen Choral verwendet wird. Interessant war die ganze Neumenlehre und natürlich das, was bei mir am besten hängen blieb, die praktischen Übungen aus dem Graduale Triplex und die sowieso für mich wunderschöne und mystische lateinische Sprache.

Irgendwie bemerkte ich dann in den Pausen und an den zwei Abenden, dass Klausur und Gästebereich nicht so besonders getrennt waren und reger Verkehr zwischen Mönchen und Besuchern herrschte. Im Nachhinein wurde mir dann auch gesagt, dass das von dieser Abtei doch in ganz Deutschland bekannt sei!

Also lieber Gabor, vielen Dank für den netten Versuch, aber ich finde auch noch einen Mann, der kein Geistlicher ist und offen seine Homosexualität lebt. Einen Nutzen hatte das Seminar dennoch, ich war endlich in Besitz eines Graduale Triplex, das ich dann in späteren Jahren öfters brauchte, als mir lieb war!

In dieser Zeit stand für mich ein Wechsel des Arbeitsplatzes an und nachdem so gar nichts Passendes zu finden war, machte man mich auf eine vakante Domküsterstelle am Mainzer Dom aufmerksam. Mit gutem Leumund und besten Empfehlungsschreiben hatte ich dann auch mein Vorstellungsgespräch beim damaligen Weihbischof seiner Exzellenz Wolfgang Rolly im Bischöflichen Ordinariat in Mainz. Mein Gefühl war positiv, aber umso näher eine Entscheidung der Diözese rückte, umso unsicherer wurde ich in meiner eigenen. Waren doch mittlerweile die Großeltern ins Altenheim gekommen. Und wie sollte ich täglich von Mainz aus meine geliebten Großeltern, die jetzt weg vom Bauernhof in fremder Umgebung waren, umsorgen und regelmäßig für sie da sein?

Dann kam der Tag der Tage und wie geahnt hatte ich von über fünfzig Bewerbern den Zuschlag bekommen. Vor lauter Panik rief ich im Sekretariat des Herrn Weihbischof an, bedankte mich für das Vertrauen und lehnte den Posten ab!

Im Freundeskreis, zu dem Gabor Balaton auch gehörte, hatte man Verständnis. Nur er selbst hatte keines. Die etwas derbe Reaktion von Gabor Balaton war kurz und bündig: „Du Arschloch"!

Nun ja, heute bin ich froh darüber. Wer weiß, was ich auch dort wieder für latente Homopriester oder homophobe Pseudokanoniker in mein Leben gerufen hätte, ohne dies eigentlich zu wollen. Und die Zeit für die Großeltern war letztendlich auch wichtiger, als meine eigene berufliche Situation.

In Mainz selbst, wo ich über Jahre hinweg in der Szene verkehrte, waren ja auch ständig Theologiestudenten und immer wieder auch der eine oder andere Geistliche unterwegs. Die Welt ist eben klein und überall wird man früher oder später erkannt. Einen Geistlichen erkennt man oft, ohne genauer hinzuschauen.

In die Zeit mit Gabor gehört eine nette Silvesterparty im benachbarten Elsass zu einer meiner besonderen Erinnerungen. Wir waren bei einem mit ihm befreundeten Priester mit mehreren Leuten über Silvester eingeladen (mit Übernachtung natürlich). Der Pfarrer dort war ein sehr liturgisch eingestellter und mit viel Sinn für Details und Schönheit bedachter Mann. Dass er mich direkt auch noch mit seinen Blicken fixierte, löste schon wieder eine kleine Panik aus. Ich dachte nur „nein, nein, nicht schon wieder ich und ein geiler Pfaffe"!

In der großen Kirche war ja noch der ganze Weihnachtsschmuck und eine Sache war sehr witzig und nett, ja eigentlich volkstümlich katholisch! Der Pfarrer hatte die Figuren der Heiligen Drei Könige, die ja noch sechs Tage Zeit hatten bis zu ihrem Auftritt, bereits längst in der Kirche aufgestellt und zwar so, dass er sie jeden Tag etwas näher zur Krippe hin umstellte.

Nun, was ich nicht wusste, war, dass auch im Pfarrhaus eine große Krippe stand und zwar im Kaminzimmer, in dem ich nächtigte. Die Könige standen auf dem Boden im Flur und meine Befürchtung, als ich das sah, war, er könne in der Nacht die Könige über Umwege und als Vorwand ins Kaminzimmer bringen. Naja, ich habe nicht fest geschlafen, aber auch von Königen und Kamelen war in dieser Silvesternacht keine Spur zu sehn!

Was toll war, das war das mitternächtliche Orgelkonzert mit einem meiner Lieblingsstücke von Charles-Marie Widor, der Symphonie Nr. 5 in f-Moll. Wenn ich das selbst auch spielen könnte, ich wäre der König aller Organisten!

Die protestantische Sackratte

In Mainz gab es damals noch eine kleine Parkanlage mit Szeneverkehr. Dort lernte ich, und das war für mich kaum zu fassen, sogar einmal einen evangelischen Theologen kennen. Ich gebe zu, durch meine konservative katholische Erziehung hatten wir keinerlei Gemeinsamkeiten, aber dennoch war unser Techtelmechtel im Hotel Schottenhof recht nett bis auf etwas, was mir bis dahin nicht bekannt war. Ich stellte in den kommenden Tagen fest, dass es mich im Genitalbereich unsäglich juckte und mein Befund war – Hilfe: Sackratten.

Nun ist das ja im ersten Moment so was von peinlich, dass man sich nicht sofort jemandem anvertraut! Ich wurde auch ohne Hilfe Herr der Situation. Ich nahm eine genitale Vollrasur vor und wusch mich mit einem der schärfsten Sanitärreiniger, so dass da ja nichts übrigbleiben konnte, außer einer wahnsinnigen Entzündung, aber selbst die verging rasch. Monate später erst erzählte ich das im Freundeskreis und ich war erstaunt, dass fast jeder bereits damit seine Erfahrungen gemacht hatte, egal ob Männlein oder Weiblein

Der evangelische Theologe hatte damals von mir den Spitznamen die Protestantische Sackratte bekommen. Wenn der wüsste …

„Mucho trabajo, poco dinero"

Lange schon stand für mich fest, dass Freimersheim für mich nicht der Nabel der Welt bleiben würde und das Mediterrane hat mich schon jahrelang so begeistert, dass ich immer wieder nach einer Möglichkeit, dahin zu gelangen, suchte.

Als sich die Chance bot, mit Freunden aus Belgien einen Versuch zu wagen, auf Mallorca eine Heimat zu finden und ein neues Leben aufzubauen, war ich natürlich hellauf begeistert.

Diese Begeisterung versperrte mir zwar ein Stück weit den Blick für die Realität, aber ich erlebte dort einige der bizarrsten Monate meines Lebens.

Nachdem wir mit dem gesamten Hausstand auf der Insel waren, war mir klar, dass alles anders als gedacht – und mit Sicherheit spektakulär – werden würde. Die Belgier scheiterten bald an ihren eigenen Intrigen und Lügengeschichten. Das war zwar für mich ein psychischer Höllentrip, aber dennoch verstand ich es tatsächlich, jeden einzelnen Tag zu meistern und auch zu genießen, was das Zeug hielt!

Ein realer Job konnte nie entstehen und das lag nicht nur daran, dass ich nicht der spanischen Sprache mächtig war und bin und auch eher wenig Englisch sprach, sondern vielmehr an der Ohnmacht gegenüber der ganzen gescheiterten und intriganten Existenzen, die dort auf der Insel bereits ihr Dasein fristeten und das mehr oder weniger mit dem Anschein von Reichtum!

Ganz klar war für mich, dass ich ja eine Heimat und zwar eine sehr alt bewährte hatte: die heilige Mutter Kirche, die für jeden ihren mütterlichen Schoß öffnet!

So war wenigstens ein kleines Einkommen als Organist für die deutschsprachige katholische Gemeinde von San Anselmo und San Agostino möglich und es ergaben sich sehr nette Kontakte darüber hinaus.

Dafür musste ich allerdings das Opfer bringen, sonntags auch dort zur Messe zu erscheinen und konnte nicht mehr, wie bereits gewohnt, die wunderschönen lateinischen Choralämter in der Kathedrale von Palma de Mallorca mitfeiern. Diese Kathedrale hatte es mir angetan und außerdem war ja auch bei meiner Ankunft auf der Insel die Osterzeit, in der alles noch feierlicher und beeindruckender ist. Schon die Leidensprozessionen ab Palmsonntag bis zum Karfreitag durch die Altstadt von Palma waren so beeindruckend, dass ich dachte, ich wäre in meinem vorherigen Leben in Deutschland gar nicht ganz oder richtig katholisch gewesen!

In der Nacht des Gründonnerstag auf Karfreitag wurden – wie üblich in den Kirchen – die Tabernakel, mit viel Blumen und Kerzen versehen, zum Beten offengehalten zum Gedenken der Ölbergstunde Jesu Christi, bei der er sich mit all unseren Sünden beladen hat. Was wird er wohl alleine für die Geistlichen, die ich kenne, am Ölberg Blut geschwitzt haben? Die offenen Kirchen werden von Frauen bewacht. Diese sitzen in den Bänken und sind leider nicht am Beten, sondern widmen sich ihrer Handarbeit, meist dem Strickzeug oder Stickereien.

Haec dies quam fecit dominus – Alleluja

Der Ostersonntag war da und eine unaussprechliche Freude durchflutete mich schon während des Pontifikalamtes in der Kathedrale von Palma. Wenige Tage danach lernte ich den ersten homosexuellen Organisten aus Llucmajor kennen. Er ermöglichte mir einige Erlebnisse, die wohl kaum ein Tourist auf Mallorca erleben kann und auch nicht darf.

Er hatte in einem urromantischen alten Kloster eine Tante, die die Mutter Oberin eines sehr strengen klausurierten Konventes war. Nur der Bischof dürfe alleine als Mann in diesen Konvent, so erzählte er mir stolz und nur er dürfe die Erlaubnis erteilen, männlichen Besuch zu empfangen. Gleich darauf sagte er aber auch, dass er als Neffe der ehrwürdigen Mutter natürlich auch ohne Erlaubnis reinkommen würde.

Mir war klar, da müsste ich mit, ich wollte diese erhabenen Mauern von Innen sehen und die Energie spüren, die dort war. Wir sind gemeinsam dorthin gefahren und ich durfte in einen kleinen Teil der Klausur mit, über den die Orgelempore der gotischen Kirche erreichbar war. Ansonsten war alles mit alten Gittern und kleinen Fensterchen versehen.

Während sich Juan mit seiner Tante unterhielt, durfte ich an der historischen Orgel, die erst kürzlich mit deutschen Spendengeldern renoviert worden war, spielen und die Zeit überbrücken. Es war wundervoll!

Nach einer Stunde kam Juan wieder. Er schaute nicht ganz so zufrieden drein, und als wir draußen waren, erfuhr ich auch, warum. Seine Tante hatte ihm einen dicken Wälzer über den heiligen Hieronymus in die Hand gedrückt und gesagt, sie wolle sich bei seinem nächsten Besuch in 10 Tagen mit ihm darüber unterhalten! Wie gut war doch für mich die Klausur!

Hl. Hieronymus , Altes Testament und Kirchenglocken

Geboren wurde dieser große Theologe und Kirchenvater der alten Kirche um 347 in Stridon, einem Ort in Dalmatien.

Der heilige Hieronymus verfasste die Vulgata, das ist eine Übersetzung des Alten Testaments, in einem zu seiner Zeit gesprochenen Latein. Diese Übersetzung war und ist bis heute eine eminent wichtige Basis für die Schrifttexte des liturgischen Gebrauchs in der römischen Kirche.

Hieronymus war Kenner des klassischen und des zeitgenössischen Lateins sowie auch der griechischen Sprache. In einigen Schriften benannte er jüdische Lehrer, die ihm sogar Hebräisch beibrachten.

Ab dem Jahr 385 lebte Hieronymus in Bethlehem, der Geburtsstadt Jesu und übersetzte dort einige Bücher des Alten Testaments gemäß der Septuaginta, aus dem Altgriechischen.

Er verstarb am 30. September 420 n.Ch. in Bethlehem.

Sehr interessant für die Alttestamentler, aber die meisten eher volkstümlichen Katholiken können dem Alten Testament nicht so viel abgewinnen. Juan und ich gehören mehr der volkstümlichen Gruppe an und ich denke, dass er auch deswegen über die Dicke des Buches geschockt war, denn in ca. 10 Tagen diverse Abhandlungen über das Alte Testament durchzulesen, um daraufhin auch noch mit einer recht strengen Mutter Oberin über den Inhalt zu sprechen, das bereitete ihm schon etwas schlechte Laune.

Für mich war ganz klar, was Oma Klara immer schon in Bezug auf das Alte Testament sagte: „ach Bu, dä alde Juddekram, des versteht doch kon Mensch heitzudaach!". Das sollte meinen: Ach Junge, diesen alten Judenkram (das alte Testament) versteht doch heutzutage kein Mensch mehr. Außen vor dem Kloster hörten wir die Schwestern schon die Vesper eröffnen mit dem Gesang „Deus in adiutorium meum intende ... Domine, ad adiuvandum me festina" (Ps 69,2): „Oh Gott, komm mir zur Hilfe – Herr eile mir zu helfen" hm, das war ganz im Sinne von Juan!

Ich war ja nicht direkt betroffen und war noch voll beglückt über das Spielen auf der schönen historischen Orgel. Im Kopf hatte ich noch die tollen Klänge der Trompeten- und Krummhornregister, mit denen ich eines meiner Lieblingsmarienlieder „Die schönste von allen, aus fürstlichem Stand" erschallen ließ. Ganz ergriffen war ich noch von dem alten Gemäuer, das sich über die Jahrhunderte mit dem Gebet der Nonnen scheinbar vollgesogen hatte.

Mein Orgelspiel, so dachte ich, war ja auch Gebet, denn wer weiß heute noch, dass die Kirchenorgel genau wie die Glocken in den Türmen einer Kirche mit der Salbung durch einen Bischof eine Gebetsintention bekommen? Jeder Ton, ob von der Orgel, oder von einer Glocke, schickt Gebete zum Himmel. Das können Dank- und Jubelgebete sein, aber auch Trauer-, Fast- und Bittgebete. In Süddeutschland und besonders in den Bergen kennt man ja vielerorts noch das sogenannte Wetterläuten. Das bedeutet nicht, wie irrtümlich oft gesagt wird, dass durch den Schall der Glocken das Unwetter verdrängt wird. Nein, die Glocken, die auch eine Schutzoration, also ein Schutzgebet bei ihrer Weihe aufgetragen bekommen, gegen Unwetter, Blitz, Hagel, Feuersbrunst, Pest etc., sollen eine Verschonung bewirken.

Ich denke, wir bräuchten heute noch ein paar andere Intentionen bei den Glocken, die uns vor ganz anderen Gefahren – vor allem uns selbst und der menschlichen Dummheit – bewahren. Aber welche Kirche hat schon so große Türme und selbst der riesige Petersdom in Rom hat ein sehr bescheidenes Geläut! Überhaupt, ist der Brauch einer Orgelweihe und mancherorts sogar der Glockenweihe, auf das Minimalste reduziert, so dass keine Salbung mehr durch den Bischof vorgenommen wird. Viele der alten, noch gesalbten Glocken, sind im Krieg eingeschmolzen worden und der Rest ist ziemlich neu, also eher ein schlechtes Omen, als ein Schutz.

Davon abgesehen, hat selbst für die meisten Katholiken das alte dreimalige Angelusläuten am Tag nur noch die Bedeutung einer Uhrzeit. Wer geht da noch in der Wohnung oder sonst wo auf die Knie an der Stelle, an der es heißt: „et verbum caro factum est ..." „... und das Wort ist Fleisch geworden und hat unter uns gewohnt"? Leider ist es so, aber das sollte uns vielleicht wieder etwas ermutigen, das Geheimnis dieses großartigen Gebetes zu betrachten und es ab und zu wieder zu sprechen, ob auf Knien, oder auf dem gemütlichen Sofa sitzend, es behält seine Wirksamkeit.

Juans wilde Erzählungen über Beziehungskisten von Geistlichen und Organisten, oder auch Küstern überraschten mich nicht, das kannte ich ja alles bereits. Nach einer Einladung in seine Penthouse-Wohnung am Rande von Palma, machte er mir klar, dass auch er sich verliebt hatte und zwar in mich.

Ich fühlte mich sehr geehrt, aber selbst der wunderschöne schwarze Flügel in seinem Arbeitszimmer und die tolle Dachterrasse mit Blick zur Kathedrale konnten mich nicht davon überzeugen, in eine Beziehung hineinzustolpern und einen Mann an der Seite zu haben, den ich nicht einmal richtig verstand und der mir außerdem schon rein äußerlich auch nicht so gut gefiel.

Jedoch sollte ich in den folgenden Tagen und Wochen ganz andere Probleme haben, wie sich schnell herausstellte. Meine belgischen Begleiter hatten Wichtiges in der Heimat zu erledigen und da einer davon Flugangst hatte, mussten sie mit meinem Auto für zwei Wochen nach Brüssel fahren. Erst im Nachhinein stellte sich heraus dass es da keine Flugangst gab, sondern nur die Befürchtung, am Flughafen in Handschellen gelegt zu werden!

Derweilen hatte ich einen von meinen Freunden gemieteten – aber nicht bezahlten – Wagen zur Verfügung und war damit auch recht viel unterwegs. Die tollen

Schwulenstrände in Es Trenk und einige Unternehmungen mit Juan und einem anderen Liebhaber Namens David waren nette Abwechslungen. Die Nächte waren selbstverständlich nur in Palma zu verbringen und dort pulsierte erst ab drei Uhr Nachts so richtig das Leben. Dort waren Juan Carlos und Migel Angel, die ich beide auf der Stelle geheiratet hätte, insofern das Interesse beiderseitig gewesen wäre!

Was, wenn ich damals gewusst hätte, das der Wagen, den ich fuhr, als gestohlen gemeldet war?

Die Bedrängnis der „Nougatmumu"

Egal, ich genoss das Leben, und bis zur Abreise gab es noch viele heiße Abenteuer am Strand. Ein scheinbarer Mordversuch in den Dünen bringt mich noch heute sehr zum Lachen. Packte mich doch ein wahnsinnig fescher, großgewachsener Spanier von hinten mit seinem Arm um meine Brust und versuchte entweder, mich umzubringen, oder anal zu penetrieren.

Jedenfalls sagte ich in meiner Not und mit meinem schlechten Schulenglisch, wie aus der Rakete geschossen: „Stop, my backside is a virgin, my frontside is a baybitch!" Dieser Spanier und ich lachten mal kräftig und ich war mir sicher, dass er mich weder ermorden, geschweige denn, dass er mir die Nougatmumu knacken würde. Vielleicht bin ich so etwas wie der männliche Part von „Lucie, der Schrecken der Straße"?

So, das waren jetzt mal ein paar Erlebnisse von der Insel der Gestrandeten, die in meiner Erinnerung noch immer sehr präsent sind – und die ich auch nicht missen möchte. Allerdings musste ich mich nach einigen Monaten Insel entscheiden, wie es weitergehen sollte. Und genauso wichtig war das WO.

Patrona Bavariae – ich komme

„Gott mit Dir, du Land der Bayern ..." So lautet der Beginn der Bayernhymne, aber das war es nicht allein, was mich hierher zog. Meine alte Heimat, der Kühle Grund, hatte ja auch seine Reize. Da gibt es zwar keine Hymne, aber ein Fastnachtslied aus der benachbarten Pfalz singt dazu: „Auf ins scheene Ochsedahl ..."

In meiner Kindheit war der alljährliche Sommerurlaub immer auf einem Bauernhof im Berchtesgadener Land. Der Hof liegt vor dem gewaltigen und beeindruckenden Bergmassiv des Watzmanns und man genießt dort einen Rundumblick, der seinesgleichen sucht. Nach meiner Volljährigkeit hatte ich auch immer wieder den Weg dorthin gefunden – alleine und auch mit Freunden. Auf diesen Ausflügen konnte ich eigentlich immer sehr viele nette Erlebnisse verzeichnen.

Meine Überlegung ging nun in die Richtung, nicht mehr in die Heimat Rheinhessen zurückzukehren, sondern mein Domizil in Berchtesgaden aufzuschlagen. Dort waren ja auch viele kirchlich engagierte Leute, die ich bereits kannte, und die mir auch wiederum den Schoß der Heiligen Mutter Kirche leichter öffneten. Als ganz Fremder oder, wie die Berchtesgadener sagen, als „a Zuagroaster", ist es nämlich ohne gute Kontakte fast unmöglich, in bestimmte Kreise zu kommen.

Nachdem ich eine entzückende kleine und sündhaft teure Wohnung mitten im historischen Zentrum gefunden hatte, ergab sich dann auch bald eine günstige Möglichkeit, meinen gesamten Hausstand von 35 Kubikmetern nach Deutschland zurückzuholen.

Auch ein kleiner Putzjob als Übergang war eine erfahrungsreiche Sache, bei der ich sehr viele illustre Personen kennengelernt habe. In diesen warmen Augusttagen war ich im Waldbad Anif im benachbarten Salzburger Land unterwegs, dort gibt es auch eine kleine Cruisingline am Rande des Bades mitten im Wald. Sogleich „strawanzte" ein gestandenes Mannsbild um mich herum und nach dem üblichen Ritual, das man auch ganz gerne Quickie nennt, stellte sich heraus, dass man sich eigentlich sogar ganz sympathisch war.

Der Einheimische dachte, ich sei Urlauber und als ich ihm sagte, dass ich gerade in Berchtesgaden einziehen würde, fragte er bestürzt nach dem Ort der Wohnung. Siehe da, es war mein künftiger Nachbar.

Das war nun ausnahmsweise kein kirchlich orientierter Mann, eher im Gegenteil. Er zog sogar recht heftig über die Pfaffen her, so dass ich schon bald merkte, aha, Berchtesgaden ist auch so ein kleines sündiges Nest, wie so viele andere auch!

Das war der Beginn einer ganz neuen Zeit, in der ich nicht mehr nur latent homosexuelle Geistliche kennen lernen sollte, sondern eine Menge junger Männer, die verheiratet sind, Kinder haben und ihre homosexuelle Seite heimlich auslebten – und das nicht zu knapp. Vom Taxifahrer über den Fußballer bis zum Kaffeehaus- und Trachtengeschäftsbesitzer, Milchbauern und Feuerwehrmann, alles war vertreten. Natürlich auch das altbewährte: Geistliche, Organisten und Ministranten und sogar der eine oder andere Kirchendiener gehörten wieder dazu. Diese kleine sündige Bergidylle.

Trotz allem musste ich auch hier meiner Leidenschaft als Organist nachgehen und nachdem ich schon Anfragen zur Aushilfe an einer örtlichen Klosterkirche bekommen hatte, ergab sich dann auch wieder eine regelmäßige Aushilfe für mich und zwar sonntags um 7.30 Uhr! Wie ich es liebe, vor 6 Uhr früh auf zu stehen (Achtung: Sarkasmus!)

Was soll's, ich habe dort sehr gerne gespielt, wenn auch der Klostervorsteher nicht sehr begeistert war, wenn ich schon in der Frühmesse die Trompetenregister oder gar die Mixtur zog!

Er war ja seit Jahren das leise zurückhaltende Orgelspiel eines sehr netten anderen Organisten gewohnt. Nun ja, viele Leute waren erstaunt, was diese Orgel doch für eine

Wahnsinns-Power hat und freuten sich sehr, wenn ich Dienst hatte. Besonders eine alte, etwas senile Mesnerin sagte mir einmal: „Sie spielen immer so lustig ..." Das war sehr nett von der alten Frau, weil ich doch ganz andere Kommentare gewohnt war z.B. aus der Heimat, oder gar aus der Stadtpfarrkirche in Alzey. Dort bemerkte mal ein Gottesdienstbesucher: „Sie spielen irgendwie die Achtel wie Viertel und die Viertel wie Achtel-Noten", worauf ich antwortete, „Was ist das?" Noten waren mir ja nicht so sehr vertraut und lösten eine Panik aus, ähnlich wie die Mathematik in der Schulzeit.

Das Bett des Seligen Kaspar, Regis Besuch und die frommen Nutten

Nach einem Jahr im Herzen Berchtesgadens, in meiner engen Wohnung, fand ich eine neue, großzügige Wohnung auf dem Oberkälberstein, also direkt oberhalb von Berchtesgaden. Dort besuchte mich sogar mein alter Freund und Weggefährte Reginald Argwohn. Ich dachte, es freut ihn bestimmt ganz besonders, wenn ich ihn auf dem Hof mit dem Namen Unterkälberstein einquartiere, da dies der Geburtsort und das Geburtshaus des Seligen Pater Kaspar Stanggassinger war. Die dort lebende Familienangehörige des Seligen freute sich auch sehr über meine Anfrage und sicherte mir zu, dass Reginald Argwohn als Priester das alte Zimmer des seligen Kaspar bekommen würde und im originalen Bett schlafen dürfe!

Ui, ich war selbst so begeistert, dass ich am liebsten auch mal in dieses Bett gekrochen wäre, allerdings alleine, denn es ist sehr eng. Der Kommentar von Reginald bei seiner Abreise war folgender: „Liebe Frau Berger, es hat mich sehr gefreut, dass sie mir das Zimmer und auch das Bett des Seligen Kaspar gegeben haben, aber beim nächsten Besuch hätte ich gerne wenigstens ein Bett, das länger ist als 1,80 Meter!"

Sein Besuch war nicht sehr lange, aber wieder einmal voller Erlebnisse und gut bestückt an Kommentaren über diverse Leute. So erzählte er, dass er aus einer ehemaligen Gemeinde einen netten Brief zum Geburtstag erhalten hatte. Dieser Brief war von einem älteren Ehepaar, deren Töchter alle geschieden waren und in verschiedenen Beziehungen lebten. Die ganze Familie war aber „gut katholisch" und alle gingen regelmäßig zu den Gottesdiensten. Der Kommentar der bei mir hängen blieb, war dieser: „Lauter fromme Nutten!"

Trips mit Karin zu den heißen Stränden der Hl. Euphemia

Überhaupt muss ich an dieser Stelle mal zur Abwechslung eine Frau erwähnen. Eine Frau, die mit mir auch so manches erlebt und gesehen hat, dass sie selbst schon ihre Memoiren schreiben wollte, aber als altes Arbeitstier natürlich nie dazu kommen wird.

Es handelt sich um meine Freundin Karin, die aus Recklinghausen stammt und seit über 30 Jahren in Berchtesgaden lebt. Unsere besonderen Highlights hatten wir immer bei unseren alljährlichen Fahrten nach Rovinj in Istrien an der Adriaküste Kroatiens. Rovinj, eine Stadt, die venezianisch beeinflusst ist und sich bei uns anhand vieler Abenteuer in alle Richtungen einen guten Namen gemacht hat!

Schon bei unserer ersten Fahrt dort hinunter hatten wir uns im Hafengebiet von Triest so arg verfahren, dass wir, um ein Quartier zu finden, viel zu spät ankamen. Nur noch die Hochzeitssuite im Hotel Eden war zu haben und wir hatten einen riesen Spaß damit. Zwei Bräute in einer Hochzeitssuite, das ist nicht im Kopf auszuhalten. Das Gelächter begann schon bei meinem Vollbad im engen Badezimmer. Durch unsere Vorliebe für ein gutes, kaltes Bier ließ Karin sich nicht abschrecken, zu mir ins Bad zu kommen. Sie reichte mir ein Bier und setzte sich zum Ratschen auf die Toilette. Wir ließen die Fahrt Revue passieren und planten schon den ersten Tag, bis durch irgendeinen trockenen Witz aus meinem Munde meine liebe Karin mir ihr ganzes Bier ins Gesicht spuckte! Nun ja, ich brauchte mich ja nur kurz in Wasser einzutauchen und alles war erledigt.

Witzig für mich war, dass Karin keinerlei Scheu hatte, mit mir zum Schwulenstrand zu kommen. Unsere Abmachung ist immer, einen Tag am „normalen" Strand zu baden und einen Tag am Schwulenstrand mit Cruisingline.

Im Übrigen sei darauf hingewiesen, dass nicht nur der Schwulenstrand ein kleines Sündenparadies ist, sondern auch der kurz davor liegende Strandabschnitt für Swingerpaare und sonstige triebige Heterosexuelle. Von Polizisten, die sich da in den Büschen als Strandvoyeur entpuppen, ganz zu schweigen.

Über allem wachte die Heilige Euphemia vom Kirchturm aus. Wir bewunderten diese Figur, da sie normalerweise auf das Meer hinausblickt, sich aber bei Sturmwarnung als Warnsignal für die Fischer Richtung Landesinneres dreht! Sehr nett und volkstümlich und für Gemütsmenschen wie mich faszinierend. Auch ihr Sandsteinsarkophag, der der Legende nach bei einem Sturm aus der heutigen Türkei bis zur Küste von Rovinj schwamm und daselbst strandete, ist eine tolle Sache! Wenn man sich den Sarkophag anschaut, weiß man, dass selbst Gott an diesem Wunder hart gearbeitet hat.

Zu den vielen netten Bekanntschaften, die wir dort machten, gehörten auch wieder zahlreiche kirchlich engagierte Leute. So trafen wir Mitglieder einer rheinhessischen Blaskappelle und auch diverse Wallfahrer, die sich bestimmt auch einen Abstecher zu den Stränden erlaubten.

Der schönste aller Männer, den ich eines Tages aufgabelte, war Michele aus Venedig, der allerdings mit seinem Mann Giuseppe Urlaub machte. Das war meine erste Ménage à trois. Meine liebe Karin erheiterte zum Abschluss noch alle Schwulen, als sie vor den Augen aller einen Salto Mortale in eine glitschige Pfütze hinlegte. Ich weiß nicht, ob ich vorher schon einmal so sehr gelacht habe, wie in diesem Moment.

Auch in unserer privaten Unterkunft hatten wir immer viel Spaß und waren in die Familie von unserer Vermieterin Dolores bestens integriert. Zwei Ortsnarren aus Rovinj, die auch homosexuell sind und mit Sicherheit jedem Touristen auffallen, sahen wir bei jedem unserer dort verbrachten Ferientage. Einen nannten wir Strychnin und den anderen nannten wir Fenjala. Wenn ich gut zeichnen könnte, gäbe das supergute Karikaturen!

OK, soweit einige Erlebnisse mit meiner Freundin Karin, die im Übrigen auch ganz gerne noch unter die Haube kommen würde. Ich stehe als Vermittler gerne zur Verfügung!

Mein Lieblingsheiliger, Johannes Nepomuk, ruft sich in Erinnerung!

Zurück in Berchtesgaden, nahte das Ende in mei-ner Wohnung am Oberkälberstein. Durch einen neuen Job in Bad Reichenhall war es sinnvoll, etwas näher am Arbeitsplatz zu wohnen. Ich wusste zwar zwei Tage vor Speditionstermin noch nicht genau, wo ich eine Wohnung finde, war mir aber der Fürsprache meines Lieblingsheiligen, des heiligen Johannes Nepomuk, voll bewusst!

Und richtig, zwei Tage bevor die Spedition kam, erhielt ich den Anruf einer alten Freundin, die in Marzoll lebt. „Du suchst doch eine Wohnung und hier um die Ecke ist eine im alten Bauernhaus frei, ruf da mal an." So landete ich vor sieben Jahren in Marzoll, wo ich mich sehr wohl fühle. Ein 400 Jahre altes Bauernhaus mit Blick zum Untersberg, zum Schloss und zur Pfarrkirche St. Valentin (der Patron der Fallsüchtigen) strahlt einfach einen gewissen Charme aus.

Von hier nach Salzburg sind es nur 10 Minuten und man hat direkten Autobahnanschluss, was auch für Parkplatzbesuch mit einschlägigem Hintergrund sehr praktisch ist. Es war Mai und ich lernte dort einen jungen Mann kennen. Schon nach einigen kurzen Sätzen sagte er: „Ich muss morgen in meinem Heimatort in Kärnten sein, denn wir feiern das Patrozinium." Das ist das Namensfest einer Kirche oder Kapelle, das in den meisten Fällen einem Heiligen zugeordnet ist.

Mir war das aktuelle Datum nicht bekannt und so fragte ich, was denn für ein Tag sei. „Der 16. Mai ist morgen und es ist Johannes Nepomuk!" Ich war geschockt, der 16. Mai und ich hätte fast meinen geliebten Heiligen vergessen, zu dessen Ehren ich oft in der rheinhessischen Heimat an einer Wallfahrt in Erbes-Büdesheim teilgenommen hatte. Schon meine Großeltern und auch die Ururgroßeltern waren früher dort, eben eine alte Tradition, die auf die Barockzeit zurückgeht.

Nie hatte ich ihn vergessen und er rief sich zur richtigen Zeit durch diesen – wie sich herausstellte – Alumnus bei mir in Erinnerung! Wahnsinn! Das war an diesem Abend eine doppelte Freude und mit dem Wallfahrtslied „Ein Beispiel der Beständigkeit, ein Muster der Verschwiegenheit ..." auf den Lippen, fuhr ich in meine Wohnung zurück. Ich schmückte auch noch rasch meine Nepomukstatue mit Blumen und einigen Kerzen, um den Heiligen würdig in meiner Wohnung zu feiern.

Der Seminarist oder auch Alumnus mit dem schönen Namen Johannes Maria, war überhaupt ein Fingerzeig des Heiligen. Er kannte doch meine damalige finanzielle Not, da mein Chef nie die Löhne zahlen konnte und nach zwei Tagen stand er vor meiner Tür und übergab mir einen Umschlag mit einem Betrag von 400,00 €! Das, so dachte ich, wird einer der besten Priester, die ich je kennengelernt habe, denn die meisten anderen sind eher vom Hause „Nimm" und hätten sich nie so großzügig gezeigt! Was aus ihm geworden ist, weiß ich nicht, aber ich befürchte, dass er wie alle mit dieser Veranlagung und dem geheimen Ausleben seiner Neigung bestimmt nicht glücklich ist.

Blaue Seiten und das Testwort „Destructio"

Die Schwulenkontaktbörse Gay-Romeo, die auch oftmals wegen ihres Layouts einfach nur „die Blauen Seiten" genannt wird, ist manchmal für einige Überraschungen gut. Nachdem da viele „Faker" unterwegs sind, lernt man auch ab und zu einen relativ normalen Typen kennen.

Meine Vorliebe für Südtirol und das mediterrane Klima bewog mich eines Tages, mich unter der Region Alto Adige (Südtirol) einzuloggen. Schon nach einigen Minuten bekam ich eine sehr nette Zuschrift. Es war ein recht aufmerksamer Interessent, denn von ihm waren auch meine wenigen Bilder aus meiner Eremitage nicht unbeachtet geblieben und somit auch der Herrgottswinkel und diverse Figuren.

O.K., so dachte ich zunächst, einem Südtiroler, dem wird das ganze katholische Brimborium auch bestens vertraut sein. Was mich etwas stutzig machte, war, dass er auch aus den liturgischen Vorbereitungen zum Palmsonntag diverse Dinge berichtete. Ich fragte, was er denn beruflich machen würde und er sagte, dass er Kaufmann sei und nebenbei ein bisschen ehrenamtlich in der Pfarrgemeinde mithelfen würde.

Natürlich unterhielten wir uns auch über die Alte Messe und als er den Ausdruck „Destructio" erwähnte, wurde mir klar, dass dieser junge fesche Mann keinesfalls ein Kaufmann war, sondern ein Priester. Er gestand nun auch, dass er dies sei und fragte, ob er denn nun für mich uninteressant wäre.

Uninteressant als Mensch nicht, aber für mehr als eine nette Freundschaft ist in so einem Fall für mich nichts drin! Ich möchte doch niemanden als Partner, mit dem ich mich verstecken muss!

Und außerdem hat er der Kirche den Zölibat gelobt und ich will nicht unbedingt einer sein, der beim Bruch des selbigen beteiligt ist.

Wir schrieben uns noch einige Zeit und dann war der Ofen scheinbar auch für ihn ausgegangen.

Nächtlicher Überfall der Rüsslschwester

2003 war ein sehr heißer Sommer und bevor ich zur Königsseeache um den Untersberg fuhr, ging ich direkt nach der Messe geschwind über die Grenze nach Österreich auf ein Bier in das Café Rüssl, gleich im benachbarten Wals. Der Besitzer, ein Herr Eugen Rüssl, der mit seinem ebenfalls schwulen Zwillingsbruder das Café mit angrenzender Würstelbude betreute, fragte mich immer ein bisserl aus. In meinem Bekanntenkreis nannten wir die beiden liebevoll die „Rüssl-Schwestern".

Eugen Rüssl fragte mich, ob ich am Achenufer FKK machen wollte. Ich verneinte und betonte, dass ich auf die weißen Ränder meiner Badepant stehe. Er sagte, wenn er demnächst einmal nach dem Saunaaufenthalt in Bad Reichenhall an Marzoll vorbeikommen würde, dass er mich dann mal auf ein Glaserl Rotwein besuchen möchte. Eigentlich sollte das nach vorheriger telefonischer Absprache geschehen und ich ging auch davon aus, dass er seinen Bruder Viktor mitbringen würde.

Eines Nachts, ich war im ersten Tiefschlaf, wurde ich wach, weil jemand an all meinen kleinen Fenstern rings um die Wohnung klopfte und Markus rief. Ich dachte, was ist das denn, und vor allem, wer ist das denn?

Nackt sprang ich aus dem Bett, band mir eine auf der Bügelwäsche liegende Tischdecke um und öffnete die alte schwere Holztür einen Spalt und sogleich stürmte die eine Rüssl-Schwester herein. Er war recht laut und machte seinen Unmut darüber offenkundig, dass er das hier alles nicht gleich gefunden hatte. Er packte mich in meiner verschlafenen und etwas geschockten Situation und schob mich in Richtung Schlafzimmer. Am Eingang zum Schlafzimmer versuchte er mich runter zu drücken und sagte dabei: „Du willst das doch nur so, du Schlampe!" Da reichte es mir und ich schrie ihn an, sofort die Wohnung zu verlassen, da ich sonst das ganze Haus wachschreien würde. Als er draußen war, lehnte ich mich mit dem

Rücken an die Haustür und dachte, dass das vielleicht nur ein böser Traum war!

Am nächsten Tag rief ich meine Freunde an und sagte nur: „Die Rüssl-Schwester war hier und wollte mich vergewaltigen …"

Also es gibt nichts, was es nicht gibt, zu der Überzeugung komme ich immer wieder. Und je oller, desto doller, oder Liebestoller!

Der Schamane

An einem Sonntagabend lernte ich auf dem Friedhof von St. Peter in Salzburg einen etwas seltsam wirkenden Mann kennen. Er kam auf mich zu und fragte, ob man die Katakomben des Heiligen Rupertus noch besichtigen könne. So kamen wir ins Gespräch über die alte Liturgie und religiöse Bräuche aus grauen Vorzeiten. Schon bald verriet er, dass er Priester sei und zwar ein ganz besonderer, ein Schamane. Sein Name war Itzak Mehwald und seine jüdischen Wurzeln reichten ins benachbarte Böhmen in die Heimat meines geliebten Johannes Nepomuk. Das interessierte mich und da er auch großes Interesse an meinen Neuseelandweinen hatte, verabredeten wir uns auf einen Besuch in meiner Wohnung.

Der Tag X nahte und der Schamane besuchte mich. Wir hatten ein sehr nettes Gespräch und der Schamane entpuppte sich mehr oder weniger auch wieder einmal als ein latenter Homosexueller, der eigentlich ja auch Priester werden wollte, aber er wurde aus dem Seminar verbannt und hatte sich als Glasbläser im Bayerischen Wald sein Leben gestaltet und wurde dort auch zum Schamanen am Großen Arber, also schon wieder ein Priester!

Irgendwie ziehe ich immer die gleichen Typen und Geschichten magisch an, oder?

Nach einiger Zeit des Redens meinte Itzak, er habe mir ja gar kein Geschenk mitgebracht und wenn ich einverstanden wäre, würde er gerne eine gegenseitige Beräucherung und eine Handauflegung machen. Nun ja, das gegenseitige Beräuchern ist mir ja aus den katholischen Riten bekannt und er betonte, dass dies auch in alter Vorzeit ein Zeichen der Verehrung des Göttlichen in der anderen Person gewesen sei.

Nach alter Tradition habe ich, wie es hier im Berchtesgadener Land üblich ist, ein Weihrauchpfandl und darauf verbrannte er mit dem Weihrauch – ein diverses Kräutlein, das er zuvor noch an seinem Hut stecken hatte. Dann ging er mit dem Rauchwerk um mich herum, murmelte leise Worte vor sich her und verneigte sich mit gefalteten Händen vor mir.

Dann begann das gleiche Ritual umgekehrt. Ich wusste nicht, was ich da murmeln sollte und betete einfach leise die heiligen Worte des Herrn, das Vater Unser.

Zur Handauflegung die folgen sollte, forderte er mich auf, mich splitternackt auf das Bett zu legen. Bevor ich mich ganz ausgezogen hatte, war er schon fast nackt im Zimmer gestanden. Ich legte mich dennoch auf mein Bett und er tastete die diversen Chakren minutiös ab. Nachdem er damit eine Erregung verursachte, war das für ihn wie eine Einladung und es gab für ihn nur noch den Sprung ins Bett und er hatte sein Ziel erreicht. Nun, ich muss sagen, man ist schon weitaus plumper über mich hergefallen.

Ich sag`s ja, auch Schamanen sind wie alle Priester, einfach nur Menschen mit ihren natürlichen, vom Schöpfer gegebenen Trieben!

Heimsuchung durch Dämon Sputnik

Nach den nächtlichen Heimsuchungen aus Fleisch und Blut hatte ich eines Nachts ein Erlebnis der anderen Art.

Dass ein „pupsnormaler" Reiseför einen Namen hat, das ist schon sehr eigenartig, aber dass ein solcher mit dem wunderbar passenden Namen Sputnik (Weggefährte, Begleiter) ausgerechnet in Besitz eines kahlköpfigen Mannes war, das ist schon was ganz Besonderes, möchte ich meinen.

Jeder kennt die Situation, dass man während den Übergangszeiten, wenn es in den Wohnungen nicht richtig warm, aber draußen noch warm genug ist, die Heizung einfach aus Prinzip noch nicht einschalten möchte. Da kann das Nachtlager in den ersten Minuten schon ziemlich ungemütlich sein.

Aber ein Single, der keinen regelmäßigen menschlichen Wärmepartner im Bett genießen kann, weiß sich zu helfen und entwickelt eigene Strategien:

An einem solchen nasskalten Abend wollte ich partout nicht in mein kaltes Federbett steigen und ich erinnerte mich an eine alte Geschichte, die ich schon mit Misserfolg ausprobiert hatte. Eine Tante hatte aus Kriegszeiten erzählt, dass ihre Mutter im Winter immer den Kindern vorm Schlafen gehen mit dem eisernen Bügeleisen, das auf dem alten Ofen stand, einmal kurz durch das Bett bügelte und so sei es immer mollig warm gewesen, wie sie sagte.

Mein eigener Versuch in dieser Richtung scheiterte kläglich, denn mein Bügeleisen hatte Dampfbetrieb, und den vergaß ich zu deaktivieren. So war das ganze Bett zusätzlich zur Kälte auch noch extrem feucht. Nun, wie konnte ich die Situation an diesem kalten Abend meistern?

„Ach", dachte ich, „ich habe ja seit Jahren (um es genauer zu sagen seit der Zeit, in der ich noch Haare auf dem Haupt hatte, vor fast 20 Jahren) noch meinen Sputnik, den kleinen, süßen Reisefön! Von dem lasse ich mir unter das

Federbett blasen und das wird bestimmt mollig warm." So stellte ich mir das vor, ohne zu bedenken, welchen Dämon ich mir da in mein Schlafgemach holen würde!

Nicht lange blies mir der Sputnik unter die Decke und es wurde angenehm warm. Ich legte ihn im Dunkeln vor dem Bett ab und kurz darauf geschah es: Der Sputnik spuckte plötzlich blaue Funken und vibrierte wild auf dem Parkettboden vor dem Bett hin und her. Jesus, Maria und Joseph, was ist denn das???

Ich konnte nicht fassen, was da geschah und dachte im Ernst an die Heimsuchung durch einen Dämon. Dass mein kleiner Sputnik einfach nur überhitzt war, das kam mir erst viel später in den Sinn. Schlafen – das konnte ich nicht recht gut, ich musste ja ständig beobachten, ob der Sputnik wieder loslegen würde, um Besitz von mir zu ergreifen.

Der Arme war im Übrigen, als ich am nächsten Tag nachsah, total verschmort und sein frisches Lindgrün war in einen ekelhaften Braunton verwandelt, so dass mein nächtliches Abenteuer die endgültige Trennung von Sputnik zur Folge hatte.

Der Herr sei ihm gnädig!

Das Zentrum katholischer Machtansprüche und barockaler Entfaltung oder: Meine Erlebnisse in Salzburg

Da Salzburg seit Jahren schon wie ein Magnet auf mich wirkte, war ich natürlich regelmäßig dort irgendwo anzutreffen.

die Altstadt besteht ja zu 45 % aus kirchlichen Gebäuden und einer Menge wundervoller Barockkirchen. Ich muss gestehen, dass durch meine Freundschaft mit Reginald Argwohn sich auch bei mir der Barock, der ja als Machtdemonstration der katholischen Gegenreformation diente, sehr zu meinem Lieblingsstil herauskristallisiert hatte.

Da gibt es das wundervolle altehrwürdige Stift St. Peter, die Keimzelle der Stadt Salzburg, die vom Heiligen Rupertus gegründet wurde. Dort bin ich, so oft es nur möglich ist, sonntags abends zur lateinischen Vesper. Aber auch zu gegebener Zeit, was eine besonders volkstümliche Sache ist, zu den zuckersüßen Maiandachten. Da sind ab der Osterzeit die über zwanzig Altäre mit wahnsinnig vielen Hortensien und viel Silberschmuck geziert. Rundum, alles sehr pompös und eine alte Machtdemonstration der sehr reichen Erz-Äbte von St. Peter, die neben den Fürsterzbischöfen der Stadt, das Machtzentrum des alten Kirchenstaates bildeten.

Man fühlt sich dort einfach als konservativer Katholik sehr wohl. Spätestens beim ersten Betreten des Friedhofs von St. Peter wünscht man sich auch dort einen schnuckeligen, sonnigen Platz mit einem schönen schmiedeeisernen Kruzifix, wären dort nicht so viele Touristen, die lautstark und vermutlich meist ohne Gebete für die Verstorbenen, über den Friedhof rauschen!

Eine kleine Aufmerksamkeit muss ich an dieser Stelle dem Durchgang vom Klosterhof zum Friedhof widmen. Da ist an der linken Seite eine Türe, hinter der sich scheinbar eine Trafoanlage befindet. Das ist nichts Besonderes, aber das Schild, das an der Tür befestigt ist, könnte an so mancher Kirchen- und Klostertür hängen. Darauf steht: „Vorsicht – Diese Anlage steht unter Hochspannung".

Über den Friedhof gelangt man durch eine alte Gasse zum Stieglkeller, einer alteingesessenen Brauerei die auf das Entdeckungsjahr Amerikas, 1492 zurückgeht. Von der dortigen Terrasse hat man einen wunderbaren Blick über das alte katholische Machtzentrum und sieht sogar beim Angelusläuten die Mozartglocke in einem der Domtürme schwingen. Allerdings nicht das Schwingen ist das Schöne, sondern der Klang, der schon Mozart sehr beeindruckte und den er in seiner Zeit in Wien so sehr vermisste.

Die Kellner kennen mich dort seit Jahren. Regelmäßig komme ich – immer sonntags nach der Vesper auf ein Bierchen vorbei, um einer Attraktion unter den Kellnern, Madame Akasch, die Ehre zu erweisen. Madame Akasch ist ein sehr netter Inder, den seine Kollegen auch liebevoll „die schwarze Madonna von Indien" nennen. Und er ist auch seit Jahren ein sehr guter Freund von mir. Seit zwei Jahren ist er nicht mehr als Kellnerin in Aktion dort, aber der Brauch, sonntags nach der Vesper ein kühles Helles mit Blick zu den Domtürmen und den „schwingenden Glocken" ist geblieben.

Auch die geistlichen Herren sind an diesem schönen Plätzchen selbstverständlich anzutreffen.

Nicht selten sieht man auch hier, dass da so einige nicht nur auf ein Bier da sind, sondern sich mehr oder weniger viele „Schwestern" darunter befinden. Die österreichischen Klöster sind ja auch schon seit Jahren dafür bekannt, dass darin nicht nur der alte Choral gepflegt wird sondern auch Dinge, die eher in der Pornobranche zu finden sind. Ich war auch mehr als geschockt, als mich eines Tages das Gerücht ereilte, dass einer der Patres eines der salzburgischen Klöster in Bezug auf das Allerheiligste Altarsakrament gesagt hätte: „Von diesem Brotkult halte ich nichts!".

Was will so einer in einem Kloster, das fragte ich mich selbst und war der Überzeugung, dass solch ein Mönch, der auch nicht keusch lebt – wie sich auch noch herausstellte, denn er war stets in einer einschlägigen Salzburger Sauna anzutreffen – besser in einer Schwulen-WG aufgehoben wäre. Dort könne er ja auch, wenn er das Verlangen zum Choralsingen hat, selbiges tun und würfe kein übles Bild auf so ein altes, ehrwürdiges Kloster!

Mittlerweile ist sogar der Erzabt von St. Peter, der erst im letzten Jahr gewählt und geweiht wurde, von sich aus von seinem Amt zurückgetreten. Er hatte sich vor über 40 Jahren an einem Jungen vergangen.

Leute, geht`s noch? Man lässt sich mal schön zum Abt, ja zum Erzabt weihen, in der Hoffnung es bleibt alles verborgen!

Die Zeit ist längst angebrochen, in der alles, was im Verborgenen geschieht und geschah, ans Licht kommt. Egal ob Kirche, Finanzwelt, Judentum, Islam, oder auch nur Dinge aus den einzelnen Familien. Gott spielt nicht mehr mit!

Aber nicht nur in den Klöstern oder auf einer Brauerei-Terrasse trifft man bekanntlich auf die Geistlichen. Schließlich gibt es die Herrschaften auch in der einschlägigen Homo-Szene, die in Salzburg ja auch leicht überschaubar ist. Denn die Stadt ist nicht so groß, dass man sie nicht in fünfundvierzig Minuten zu Fuß durchqueren könnte.

Der bereits benannte Alumnus aus Kärnten war eines Abends mit mir in einem berühmt berüchtigten Szenelokal am Giselakai. Zur späten Stunde bekam er einen Anruf und danach sagte er, dass Schwester Hilda auch noch auf ein Bier vorbei kommen wolle und ich solle sie mir mal anschauen. Schwester Hilda, mit dem richtigen Namen Reinhold, war damals noch ein Ordensmann und ein sehr schriller Vogel.

Nach einer kurzen Weile bemerkte ich schon, wie er auf mich fixiert war und spontan mit einer sehr schrillen etwas gehobenen Stimme, nicht gerade leise und fast stöhnend sagte: „Ach Markus, sowas wie dich hab ich mir schon immer gewünscht!"

Ich dachte: „Oh Schreck, was ist denn das für einer?"

Jedenfalls, es war ein überaus interessanter Abend. Nach einigen Wochen wurde ich mit dieser Person – also Hilda – nochmals konfrontiert. Mein bester Freund Günther, mit dem ich ab und zu gemeinsam durch die Szene ziehe, erzählte mir folgendes:

Ich habe einen ganz süßen Typen im Internet (auf Gay Romeo) kennengelernt. Er heißt Reinhold! Wir haben uns schon einmal getroffen und es war sehr nett mit ihm. Er ist nur am kommenden Wochenende bei seiner Tante in Ulm zu Besuch und ich kann ihn erst danach wieder sehen!"

Das machte mich stutzig! Ein Reinhold und eine Tante in Ulm? An diesem Wochenende war doch Katholikentag in Ulm und sofort begriff ich. Mein lieber Günther hatte die schrille Schwester Hilda kennengelernt! Die Bestätigung erhielt ich, als auch Günther sagte, dass Hilda auch bei ihm denselben Spruch losgelassen hatte: „Günther, sowas wie dich hab ich mir schon immer gewünscht!".

Eine meiner nächsten Entdeckungen war die wunderschöne, gotische Franziskanerkirche. Dort ging ich gelegentlich mal am Abend in eine Messe und bewunderte dabei immer das schöne Gnadenbild der Gottesmutter Maria am schwulstig barocken Hochaltar.

Von liturgischen Feiern dort nahm ich allerdings bald wieder Abstand, denn einige der dortigen Franziskaner beteten in einem Dialekt den Rosenkranz, der mir aus Wien schon als sehr abstoßend bekannt war und genauso war auch das Vorlesen der Epistel. Was allerdings noch schrecklicher war: Ein Ordensbruder verkündete die Liednummern aus dem Gesangbuch immer mit den sehr salbungsvoll klingenden Worten: Geliebte, singen wir aus der Nummer 558 das Lied „Ich will dich lieben meine Stärke ..." Ich war zwar schon einiges gewöhnt, aber so etwas wäre perfekt für die Abendkasse zu einer Schwulen-Veranstaltung!

St. Sebastian peu à peu

Ja, das war, so schien es für mich, fast alles perfekt. Die Wohnung in der Nähe von Salzburg und genügend schöne Kirchen, Festspiele und Lokalitäten zum Ausgehen Bis auf eine wichtige Sache: Meine Wohnung in Marzoll war immer noch nicht vom dort zuständigen Diener Gottes gesegnet worden und ich lege doch sehr großen Wert auf die priesterlichen Segnungen.

Von einem Salzburger Alumnus wurde mir in der Zwischenzeit die Kirche St. Sebastian empfohlen, da dort seit Jahren die Alte Lateinische Messe in ihren vielen wundervollen Facetten gefeiert wird. Das war es auch, was ich vergeblich in all den anderen Kirchen suchte: Eine würdige, feierliche lateinische Messe.

Nachdem der Ortsgeistliche nach mehrfacher Erinnerung durch mich nie zu einem spontanen Termin gekommen war, war jetzt die Zeit, einen der Patres von St. Sebastian anzusprechen. Prompt durfte ich mit einem Besuch rechnen und wie es sich für einen Priester der Priesterbruderschaft St. Petrus gehört, wurde alles genau nach Ritus und selbstverständlich in lateinischer Sprache durchgeführt.

Nachdem alle Räume, ja sogar die Rumpelkammer unter der Treppe und mein Weinkeller, mit Weihrauch erfüllt waren und die nötigen Weihwassertropfen nach allen Seiten versprengt waren, wobei wir gemeinsam den schönen alten Hymnus „Asperges me" (Besprenge mich) gesungen hatten, gingen wir zu einer deftigen Brotzeit über. Ich weiß ja nur zu gut, was die hohen Herren gerne alles verspeisen und natürlich auch in welchen Mengen man gute Getränke zur Verfügung halten sollte.

Jetzt fühlte ich mich glückselig in den Räumen, von denen meine Freunde immer meinten, dass hier doch sowieso nichts passieren könne, da doch an jedem freien Platz an den Wänden Heiligenfiguren und Bilder, sowie Kruzifixe und Reliquiare hingen. Nun ja, das hielt ja auch eines Tages die bereits erwähnte Rüssl-Schwester nicht zurück, ihren nächtlichen Überfall durchzuführen!

Das „Heilige" fördert nicht immer nur das „Heilige", es ist eher gegenteilig und polarisierend, so dass man sich damit das Übel und das Unheilige viel leichter ins Haus und das gesamte Umfeld holt! Zumindest habe ich diese Erfahrung gemacht.

In der Zwischenzeit waren wir ja nun auch, wie es in den Medien hieß „Papst", was für mich die blödeste Formulierung war, die ich je gehört habe. Ich wusste ja, wie zumindest der bayerische Durchschnittskatholik zu Ratzinger steht und war dann erstaunt, was das für eine Euphorie auslöste.

Ich freute mich sehr bei der Verkündigung von der Loggia des Petersdomes mit den Worten „Annuntio vobis gaudium magnum; habemus Papam: Eminentissimum ac Reverendissimum Dominum, Dominum Josephum Sanctae Romanae Ecclesiae Cardinalem Ratzinger ..."! Ich glaube, dass ich so laut schrie und klatschte, dass man es bis über die Alpen hinaus mitbekam und überhaupt war der Fernseher so laut, wie nie zuvor! Wahnsinn, wir haben einen neuen Pontifex Maximus und meinen Wunschkandidaten noch dazu. Das war und ist er trotz allem, was man heute so von ihm hält und hört, noch immer für mich. Dreht sich doch seine Welt um grandiosere Dinge, als um meine Wenigkeit, oder meine Themen im Zusammenhang mit den verkorksten Priestern, an die ich immer gerate.

Einer meiner großen Wünsche, dass sich in der Liturgie wieder vieles zum stilvollen klassischen wenden würde, ging peu à peu in Erfüllung. Es ist geradezu phantastisch, was aus der über Jahrzehnte in Rom auf primitivstem Niveau gefeierten Liturgie nun wieder geworden ist. Hörte man bis zum Erbrechen über Jahrzehnte nur die 8. Choralmesse „de Angelis"! Und überhaupt, wo waren denn in der Zeit von Johannes Paul II. die ganzen wundervollen Paramente, die ich doch so liebe? Ich empfand das Auftreten des alten Pontifex in diesen neuen unästhetischen Fetzen immer eine Frechheit und der Person des Stellvertreters Christi mehr als unangemessen im wahrsten Sinne des Wortes!

Jetzt sieht man Benedikt XVI. in wunderschönen alten Ornaten. Über die Prada-Schuhe kann man streiten, aber die Farbe ist perfekt und historisch die Richtige. Auch der Papstaltar ist wieder würdigst mit sieben Leuchtern und Kruzifix versehen. Dass man auch noch andere Choralmessen wie z.B. zu Ostern die Missa „Lux et origo" singt, ist wunderschön und sehr ergreifend.

Ein sehr schönes Zeichen war für mich, dass der Heilige Vater kurz nach seiner Wahl das alte wollene Pallium, das auf die Zeit vor der Kirchenspaltung in Deutschland zurückgeht wieder eingeführt hat. Ich dachte für mich: Würde er doch noch mutiger werden und eine weitere Tradition aus dem ersten Jahrtausend wieder einführen: Priester ohne Zölibat und damit Schluss mit der Lüge und den ewigen Vertuschungen. Er könnte ja sogar den Zölibat freistellen. Wer dieses Opfer bringen will, der kann es ja tun, schließlich kann man doch niemanden in eine Ehe zwingen. Die unierten Ostkirchen haben auch keinen Zölibat und dort läuft alles ganz „normal", zumindest kenne ich aus dem Osten keine grandiosen Schlagzeilen.

Es ergibt sich dann nur noch die Frage, hinter was sich die vielen latenten Homopriester und auch die ganzen Pädosexuellen verstecken könnten? Aber das soll ja nicht meine Sorge sein, schließlich gibt es ja genügend Leute in der Kirche, die den Heiligen Geist für sich gepachtet zu haben scheinen und sicher für jedes Problem eine Lösung wissen!

Mittlerweile hatte ich ja auch kaum Zeit für solche Gedanken. Ich hatte einen neuen Job in Rosenheim und somit täglich zwei Stunden Fahrzeit zur regulären Arbeitszeit. Wie oft ich in der Zeit am Abend fast über die A8 geflogen bin, um rechtzeitig in den Messen von St. Sebastian zu sein, kann ich nicht mehr genau recherchieren. Genau so wenig, wie viel Geld ich in die Salzburger Parkscheinautomaten über Jahre hinweg eingeworfen habe, um nicht nach der Messe meinen Wagen vergeblich zu suchen.

In die Gemeinde St. Sebastian konnte ich mich erst besser eingliedern, nachdem ich bereits ca. zwei Jahre lang regelmäßig an den wunderschönen Messen und Andachten teilgenommen hatte. Ich hatte ja auch genug damit zu tun, nach den Messen zu Hause in meiner Wohnung in alten Büchern zu stöbern, um mir die Deutung der vielen tief aussagekräftigen Riten erläutern zu lassen. Ein besonders informationsreiches Buch besitze ich hierzu mit dem Titel „Die Schönheit der Katholischen Kirche". Das stammt aus dem Jahre 1886. Das Buch besteht aus einer Art Zwiegespräch zwischen Priester und Ministrant und es wird so ziemlich alles erläutert, was man über Liturgie, Riten, Paramente und kirchliche Vorschriften und deren Herkunft wissen sollte – und das noch dazu in einer sehr witzigen Art und Weise beschrieben. Aber die Schönheit eines levitierten Hochamtes sollte jeder selbst einmal miterleben und sich ergreifen lassen von der Feierlichkeit, die darin in höchster Form zelebriert wird. So muss der Himmel sein, ein ewiges Hochamt mit Ergriffenheit und Gänsehaut bis in alle Ewigkeit.

An einem Sonntag geschah es, dass kein Organist da war und einer der Geistlichen kam aus der Sakristei heraus und direkt auf mich zu. Mein Herz schlug höher, denn ich ahnte, was er von mir wollte. Nachdem er sein Anliegen kundgetan hatte und er mir gesagt hatte, ich möge doch bitte die Orgel spielen, viel sein Blick auf einen der hereinkommenden Männer, der eh schon öfter die Orgel gespielt hatte. Gott sei`s gedankt! Ohne Vorbereitung und vor allem, ohne je zuvor mit einer Schola den Choral geprobt zu haben, das wäre mehr als in die Hosen gegangen.

Einige Wochen später war es dann aber doch soweit und ich wurde zum Glück einige Tage im Voraus informiert und konnte auch wenigstens einmal zuvor an der wundervollen Orgel etwas üben und die Register durchprobieren. Bevor ich zum ersten Mal spielte an einem Sonntag, war ich so aufgeregt, dass ich zwei Nächte nicht schlafen konnte.

Mir war das Ganze doch so wichtig und heilig, dass da auch ja nicht durch einen unnötigen Fehler die Liturgie gestört werden solle. Ein kleines Chaos gab es trotzdem, ein Mitglied aus der Schola, welches mir versprach, pünktlich zu erscheinen, kam erst knapp vor Beginn die Treppen zur Empore hochgestampft und ich war unnötig nervös und angespannt.

Die Sakristeiglöcklein läuteten und ich begann den Einzug des Klerus und der Ministranten und den anschließenden alten Hymnus „Asperges me ..." sowie den Rest der Messe zu begleiten, als ob ich nie etwas anderes getan hätte. Somit war ich auch von der Gemeinde, die allmählich mit Lobpreis und etwas zurückhaltender Neugierde auf mich zukam, aufgenommen. Ja, man sagte auch, wie schon mein alter Freund Reginald Argwohn bemerkte: „Du spielst den Menschen ins Herz!" Das freute mich, denn was gibt es Schöneres, als Freude zu vermitteln und zumal die Freude an Gott und an allem kirchlichem Brimborium!

„Hol mir mal die Lotte raus"

An einem wunderschönen Tag erwartete ich meine Salzburger Patres (drei an der Zahl) zum üblichen Besuch. Doch vor lauter Vorbereitungen entging mir direkt, was sich bei der Ankunft der Soutanenpriester für ein Spektakel bot.

Meine direkten Nachbarn im Erdgeschoss des Bauernhauses sind vier eingemietete Pferde. Eine der neuen Pferdebesitzerinnen hatte ihre liebe Stute in einem Paddock neben das Haus gebracht. Nun muss sie, aus welchem Grund auch immer, gestürzt sein und lag auf dem Rücken im Pferch und sie hatte sich mit dem Fuß im mit Strom geladenen Zaun verfangen.

Nun kamen gerade rechtzeitig die „Helfer Gottes" hinzu und einer der Patres fragte die daniederliegende Dame, ob er helfen könne. Sie bejahte und sagte: „Holen sie mir die Lotte raus" worauf er meinte: „Ja, wie mach ich denn das"?

Vielleicht dachte er, dass das Pferd im Pferch Lotte heißen würde, aber eigentlich war die perfekte Retterin, nämlich die Pächterin des Stalles, die immer vor Ort ist und Lotte heißt, gemeint.

Aber das alles sollte noch nicht ganz reichen für das perfekte Spektakel. Im Stall waren einige Damen teils gut gekleidet, es war ja schließlich Sonntag. Dadurch, dass man aber gerade aus einem Wagen drei Priester in Soutane und mit Birett aussteigen gesehen hatte, wurde große Neugierde erweckt, ob dies nicht vielleicht nur Einbildung gewesen war. Jedenfalls stürzte eine Dame in ihrer weißen Leinenhose direkt über einen mit Wasser gefüllten Blecheimer. Sie wollte doch nur nachschauen, was da draußen los war. Und nun war sie mit Schlamm verziert und obendrein hatte die schöne Leinenhose Löcher bekommen.

All das erfuhr ich erst einen Tag später von der lieben Lotte und auch im Nachhinein hatte ich mit den Geistlichen viel Spaß wegen dieses Erlebnisses. „Wisst ihr noch, die Lotte …" genügte, um ein allgemeines Gelächter herbeizuführen. Meine Nichte und die Neffen würden sagen: „Wie geil war das denn"?

Auch die Nachbarn fanden den Anblick von mehreren geistlichen in voller Montur sehr interessant und wahrscheinlich hat man gedacht: „Schön, wie unkompliziert und offen doch auch so konservative Herren sind und so regelmäßig auch einen netten schwulen Organisten besuchen".

Jedenfalls war es immer sehr nett und auch meine Erfindung, der „Pfaffenzipfel" kam sehr gut an. Kennt doch jeder das Malheur, dass beim Anbraten einer groben Bauernbratwurst so ziemlich ein Quadratmeter um den Herd alle Flächen mit Fett verspritzt sind und da hatte ich eine glorreiche Eingebung. Ich wickelte die Bratwürste einfach in Blätterteig, bestrich sie mit etwas Eigelb und ab damit in die Röhre. Der Anblick dieser dildoartigen Teile im Ofen war zwar etwas bizarr, aber mit einem frischen grünen Salat und einem guten Glas Sauvignon Blanc oder auch einem köstlichen Bier schmeckte es herrlich und sorgte regelrecht für Begeisterung. Hätte ich ein paar meiner Loriot-Fans hier gehabt, wäre der „Kosakenzipfel" das perfekte Dessert dazu geworden!

Der Sünder mit den Schnallenschuhen

Mit Geistlichen, erwachsenen Ministranten und anderen Freunden der Gemeinde in Salzburg, kann man allerdings auch so manches recht abenteuerliche Highlight in einer Kirche erleben. So schwebte uns schon seit längerer Zeit vor, einmal einige der Grüfte in der Kirche zu öffnen und zu sehen, was da so alles zum Vorschein käme.

Nachdem aus dem benachbarten Loreto-Klösterlein ein Metallwagen zur Hebung der schweren marmornen Gruftdeckel herbeigeschafft war, war es dann eines Abends soweit. Unter Anweisung des Rektors von St. Sebastian begannen wir mit ein paar seitlichen, im linken Gang liegenden Grüften. Schon gleich nach der Öffnung stellte sich heraus, dass die Grüfte doch nicht so interessant waren, wie wir vermutet hatten. Scheinbar wurden diese vor vielen Jahren bereits etwas aufgeräumt und gesäubert, jedenfalls lagen nur noch die zerfallenen Särge darin und von oben her konnte man auch den einen oder anderen Knochen erkennen. Auch fanden wir keinen seitlichen Abgang der Grüfte, der zu einem auf dieser Seite vor der Kirche gelegenen Karner (Beinhaus) führen hätte können.

Aber da war ja immer noch im Mittelgang eine Gruft, die einen Priester der Barockzeit enthielt und mit dem es etwas ganz Eigentümliches auf sich hatte!

Schon die Aufschrift auf dem Gruftdeckel erwies sich sehr merkwürdig, da stand in recht großen Buchstaben das Wort „Pecator", welches Sünder bedeutet.

Wir öffneten diese Gruft und es bot sich ein etwas merkwürdiger Anblick. Der Sag war natürlich auch zerfallen und man konnte Reste von einem Messgewand erkennen und ein paar Schnallenschuhe. Der Kirchenrektor war es, der feststellte, dass der Leichnam des Priesters genau verkehrt herum in der Gruft lag. Priester liegen genau andersrum zum Altar hin gewendet, aber dieser lag da, wie ein Laie in eine Gruft gelegt werden würde! Also hat man bewusst diesen geistlichen Herren in eine Position gebracht, die ahnen ließ, dass dieser etwas Schlimmes verbrochen haben müsste. Etwas abseits vom Sarg des Priesters stand auch noch ein zerfallenes Kindersärglein, und das war dann auch schon alles, was sich in dieser recht großen Gruft befand.

Der Pater sprach die notwendigen vom Ritus vorgeschriebenen Totengebete und aspergierte die Grüfte natürlich auch, bevor wir sie sachgemäß wieder verschlossen. Schließlich kann man ja nicht wissen, in wie weit das eine Störung der Totenruhe gewesen ist und dann auch noch bei einem sündigen Priester!

An einem Feiertag, während des Mittagessens im Rektorat der Gemeinde, gab es einmal das folgende, für mich etwas schockierende Ereignis.

Außer mir und den altherkömmlichen Besuchern im Rektorat, zu denen nicht nur Ministranten und Geistliche, sondern auch Mitglieder der kleinen, für mich etwas bizarren Choralschola zählten, waren auch an diesem Tag junge Menschen anwesend, die sich über eine christliche Gemeinschaft kannten.

Es war alles sehr harmonisch, bis ein mir fremder junger Mann bemerkte, dass eine Lehrerin von ihm, einmal gesagt hätte: „Homosexuelle sind eigentlich nur zu bedauern!"

Da ja viele in der Tischgemeinschaft von mir wussten, war es plötzlich recht still. Im Inneren überlegte ich, ob ich ihm eine schmieren sollte, oder, um der „netten" Sammelsurium-Gemeinschaft Willen nicht den Frieden zu nehmen, einfach tun solle, als ob mich das gar nicht berührte. Und bei letzterem beließ ich es, denn zum Streiten, so schien mir, war der Feiertag auch nicht gerade geschaffen.

Später wurde der vorlaute junge Mann von anderen belehrt, dass da auch ein Schwuler am Tische saß und er ließ mir ausrichten, dass es ihm peinlich sei und er sich bei mir in aller Form entschuldigen möchte! Das Thema wurde wegen der Peinlichkeit sowieso gleich wieder gewechselt.

Später einmal sagte ein in der Gemeinde verkehrender Student, dass ich mich als Mann doch nur für die Frau entscheiden müsse und überhaupt kann man doch Homosexualität auch wegbeten!

Super, dass das alles so einfach ist, warum habe ich das nicht schon früher gewusst?

Nur komisch, dass es ausgerechnet soviele schwule Priester und auch fromme Laien gibt, die praktizieren! Wäre ihr Gebet echt, würde es seine Wirkung zeigen, oder?

Guillaume Marie Joaux

Einen Flirt mit einem Alumnus der konservativen Petrusbruderschaft fand ich einmal sehr kribbelnd! Es nahte eines meiner Lieblingsfeste, Mariae Lichtmess, welches auch unter dem Namen „Darstellung des Herrn" bekannt ist. Aus dem Priesterseminar in Wigratzbad waren viele Almunen zu Gast in der Rektoratsgemeinde und bei einem feierlichen Amt mit Lichterprozession agierten die Seminaristen als Schola neben mir an der Orgel.

Die Orgel steht so, dass man beim Spielen mit dem Rücken zum Altar sitzt und diesen nur über einen kleinen Spiegel beobachten kann. Dass der kleine Spiegel auch für einen netten Flirt gut sein könnte, hätte ich nie zu träumen gewagt. Und dennoch, einer der jungen Franzosen flirtete fleißig mit mir, so dass ich meine Not hatte, noch die richtigen Tasten zu treffen. Ich fand das einfach wunderbar und es sollte auch einzigartig in seiner Art bleiben.

Der schwungvoll gesungene Choral und das kraftvoll mit viel Begeisterung gesungene „Adeste fideles" klingen noch heute in meinen Ohren!

Das war jetzt also ein Flirt während der Messe, Wahnsinn! Jedenfalls hatte ich das bis zu dem Zeitpunkt noch nie so erlebt. Meinem besten Freund Günther teilte ich am Telefon mit, dass mit mir doch glatt einer durch den Spiegel geflirtet hatte.

„Tantum ergo", „Nehmt Abschied Brüder" und „Die Fahnen hoch"...

Die Liturgie sollte ja möglichst immer auch vom Musikalischen her schön ausgeschmückt sein. Bei so vielen Messen kann man natürlich seiner Phantasie auch ein Stück weit freien Lauf lassen. Doch einmal bekam ich sogar auch ein Thema auf. Die Priester hatten den französisch-schweizerischen Film „Les Choristes" (dt. Titel: Die Kinder des Monsieur Mathieu) aus dem Jahr 2004 in ihr Herz geschlossen und baten mich in den Messen über die Filmmusik zu improvisieren. Es gelang oftmals so gut, dass es dem jeweiligen Geistlichen schwer viel, sich auf seine Texte am Altar zu konzentrieren.

Während des Orgelspielens gelang es mir oft zur Überraschung der Priester, auch ein paar versteckte und nicht ganz so christliche Lieder einzubauen. So z. B. wenn im alten Ritus am Hochfest Christi Himmelfahrt zum Zeichen des Festgeheimnisses die Osterkerze, das Symbol für das Entschwinden Jesu, gelöscht wird und diese aus der Kirche hinausgetragen wurde. Dabei untermalte ich ganz gerne mit dem Volkslied „Nehmt Abschied Brüder ..." Und eines Tages versetzte ich einem der Patres bei einer Sakramentsandacht einen Schrecken, der ihn an den Altarstufen kniend fast zum Herzstillstand brachte. Was hatte ich getan? Es gibt ein schönes altes Sakramentslied mit dem Text: „Wir beten an, dich wahres Himmelsbrot". Irgendwie klingt die Melodie ein wenig nach dem Nazilied „Die Fahnen hoch" und aus Versehen spielte ich das Stück nach dem selbigen ein, ohne das gewollt zu haben. Aber passiert war nichts, die Liedbegleitung war dann wieder korrekt!

Eine geniale Besonderheit in St. Sebastian war, dass das Lied zum sakramentalen Segen, das sich „Tantum ergo" nennt und fester liturgischer Bestandteil ist, zu den verschiedensten Sonntagen, Festen und Hochfesten auf eine andere der Zeit entsprechenden Melodie gesungen wurde.

So zum Beispiel ganz volkstümlich zu Weihnachten mit der Melodie „Morgen Kinder wird's was geben", oder nach der alten österreichischen Kaiserhymne von Joseph Haydn. Wenn diese Melodie gespielt wurde, fragten anschließend oft die vorbeiströmenden Touristen, warum denn da die Deutsche Nationalhymne gesungen würde und auch noch auf Latein.

Im Rektorat neben der Kirche saßen wir oft zusammen und überlegten, auf welche Melodien das „Tantum ergo" noch so alles passen könnte. Es passt sogar auf „Grün, grün, grün, sind alle meine Farben", aber das wurde nie zum Einsatz gebracht. Es wäre dieser Heiligen Sache auch sehr unangemessen gewesen.

Überhaupt waren ja auch die Geistlichen so einiges aus meinen Erzählungen gewohnt und mittlerweile war es dann auch so, dass man sich sehr gerne alle paar Wochen bei mir einlud. Das war immer sehr nett und natürlich hochinteressant, wenn Leute, die sich mit Liturgie bestens auskennen und in der Geschichte sehr bewandert sind, die Abende mit Gesprächsstoff füllen. Auch lustige Anekdoten waren da zu vernehmen, nur eines gab es nie und war absolut tabu: Gespräche oder Witze, in denen es um Sex oder sonstige anrüchige Dinge ging. Sofort wurde das Thema gewechselt oder auch gesagt: „Nein, Stopp!"

Das war ich ja so gar nicht von Geistlichen gewohnt und schon überhaupt nicht von meinem lieben Reginald. Konnte dieser sich doch auch z.B. über die Lokale aufregen, in deren Toiletten ein Kondomautomat hing. Er vermied immer, in solchen Lokalen zu verkehren, als ob man davon ausgehen konnte, dass er nach einem Lokalbesuch auch automatisch in Besitz eines Kondompäckchens sein könnte.

Nun ja, mir war nach einiger Zeit erst klar, dass ich es bei diesen Geistlichen mit einer ganz anderen Spezies zu tun hatte. Einen Sexus, den gibt es bei denen scheinbar nicht. Dies störte mich auch weniger, denn mein Anliegen war ja nicht das Thema Sex, und ich sah auch keinen Anlass, meine Lebensart da in irgend einer Art und Weise zu rechtfertigen. Aus welchem Grund sollte ich das auch tun?

Das gemeine Fußvolk von St. Sebastian muss ich auch noch mit ein paar Sätzen erwähnen, denn es ist bunt und witzig. Da kamen Adelige, Doktoren, Rechtsanwälte, Bauern, Arbeiter, Rentner, Sandler, Mietnomaden usw. Besonderes Aufsehen erregte eine etwas durchgeknallte junge Frau, die in den wildesten Kostümierungen immer wieder erschien und immer den Anschein erweckte, als würde sie gleich die Messe stören. Sie kam einmal mit Turban und ein anderes Mal mit Hut und Schleier, weshalb ich sie insgeheim „das liturgische Rumpelstilzchen" nannte. Auch ein Sandler kam immer in den Bereich unter der Empore, mit seinen Tüten voller Alkohol. Bevor er sie nach der Messe vermutlich zum Segnen in die Sakristei brachte, segnete er sie selbst schon etwas mit Weihwasser aus den kleinen Schalen, die ja in jeder Kirche für die Gläubigen aufgestellt sind.

Einige Male im Jahr kam auch der von mir benannte „Ado-Gardinen-Club". Diese Frauen kamen, wie im Süden oft noch üblich, mit Spitzenschleiern über dem Kopf zur Messe. Nur, dass die Frauen im Süden schöne handgearbeitete Schleier tragen und die in Salzburg auftretenden Damen aus meiner Sicht (von der Empore aus) eher zerrissene Gardinenfetzen auf den Haaren hängen hatten.

Manche Gläubige waren auch mit ihren ständigen Kniebeugen so auffällig, dass man schon an die Gebetshaltung mancher Muslime erinnert wurde. Das war beispielsweise oft in den Sakramentsandachten, wo es üblich ist, vor dem Allerheiligsten eine sogenannte doppelte Kniebeuge zu machen und den Kopf etwas zu verneigen. Touristen gab es auch des Öfteren und ganz besonders dann, wenn zu hohen Festen eine Orchestermesse zelebriert wurde. Überhaupt wurden die meisten Hochfeste ja mit einer Oktav gefeiert, das hieß für mich, eine Woche lang jeden Abend um 18.00 Uhr als Organist zur Verfügung stehen und das tat ich auch liebend gerne.

Ich kann von mir nicht behaupten, dass ich die Theologie, die hinter der alten Messe steckt, perfekt kenne, oder ob ich sie vertreten kann. Es sind andere Dinge, die meinen Glauben durch die Schönheit der Riten vertiefen und kräftigen, was der neuen Liturgie in der banalen Landessprache bei mir nicht so recht gelingen will. Für mich ist klar und fühlbar, dass Christus in der Heiligen Wandlung auf den Altar niedersteigt und dass mit dem Verzehr der Hostie durch den Priester der Tod Jesu am Kreuz unblutig präsent wird.

Dieses Geheimnis ist groß, ja so groß, dass es mich immer wieder überwältigt und mir eine Gänsehaut bereitet. Oder auch die große Freude im Herzen, die bei der Verehrung der Gottesmutter Maria (ob diese nun eine unbefleckte Jungfrau war oder nicht) mich immer ganz erfüllt. Auch Oma Klara hatte in meiner Kindheit oft gesagt, wenn sie Marienlieder sang: „Bu, nur gesung, dess iss me als gebet!" (Gesungen ist mehr als gebetet) und wie recht sie doch auch zu haben scheint und ich kann das noch dazu mit der Orgel passend unterstreichen.

Dazu war ich auch von Reginald Argwohn im Orgelspiel oft angeleitet worden, wenn er sagte: „Wenn der Priester mit Weihrauch inzensiert wird, dann hau in die Tasten was das Zeug hält!" Er musste es ja wissen, er war ja ein leibhaftiger Vertreter des „königlichen Priestertums".

Jedenfalls war für mich immer klar, ich war dort in der Gemeinde und bei den Priestern akzeptiert. Und zwar nicht wegen oder trotz meiner Homosexualität, sondern ganz einfach, weil ich ein Mensch bin wie jeder andere, aus Fleisch und Blut. Meine Sexualität spielte in diesem Umfeld immer nur eine sekundäre Rolle. Mein Coming-out hatte ich ja auch schon vor 20 Jahren, also was sollte ich dann plötzlich mit einem Schild um den Hals herumlaufen, oder jeden fragen, ob er meine sexuelle Gesinnung eigentlich kenne.

Viele hatten es bemerkt und ein Geistlicher, der dann auch der Rektor von St. Sebastian wurde, beteuerte mir, dass sich an seiner Freundschaft zu mir nichts ändern würde. Ja im Gegenteil: „Du wirst mich immer als Freund haben, egal was passiert!" So waren einmal seine Worte, als er bei Vorbereitungen zum Mittagessen in meiner Küche saß. Nun ja, ca. ein Jahr danach wusste plötzlich niemand mehr, dass ich schwul bin. Ganz überraschend und ohne Vorankündigung bekam ich einen Anruf vom Rektor der Petrusbruderschaft in Salzburg und ich möchte hier nur kurz zitieren, was später auch in den Salzburger Nachrichten zu lesen war:

Ausgeschlossen: „Homosexueller Organist darf nicht spielen"

„Ausgeschlossen. Markus Enders bekennt sich zur Homosexualität. Deshalb ist er als Organist in der Kirche St. Sebastian nicht mehr willkommen ... Pater Schumacher teilte den SN am Dienstag mit, dass Enders Bemerkungen gemacht habe, die ‚auf ein faktisches Ausleben seiner homosexuellen Neigungen schließen ließen'. Weil Enders beabsichtige, ‚seinen Neigungen weiterhin nachzugeben', könne er nicht mehr privat im Rektorat auf Besuch kommen." (Salzburger Nachrichten vom 16.12.2009)

Nach der Diskriminierung in Salzburg änderte ich einen Brauch in meiner Wohnung in Marzoll.

Schrieb ich doch bis dato zu den hohen Kirchenfesttagen immer einen passenden lateinischen Spruch mit gesegneter Kreide an die 400 Jahre alte mächtige Haustüre. So zum Beispiel zu Mariae Himmelfahrt „Asumpta est Maria" oder auch bei einem Papstbesuch in Deutschland „tu es Petrus et super hanc petram ...".

Nachdem ich mich so sehr über meine ausgenutzte Gastfreundschaft aufgeregt hatte, beschloss ich, diese Segenssprüche nicht mehr anzubringen. Stattdessen steht da jetzt „Matthäus 22, 1-14" angeschrieben.

Oma Klara hätte übrigens zu meinen geistlichen Besuchsabordnungen in meiner Wohnung wieder einmal gesagt: „Bu, hall derr Besuch drauß, die Leid wollen am nur ausfro und sich`s Maul abbutze, die soll'n bleiwe wu se sein!" Das soll bedeuten: Junge, halte dir Besuch draußen. Die Leute möchten einen nur ausfragen und sich den Mund abwischen. Die sollen bleiben wo sie sind.

Tja, meine liebe Oma Klara, wie so manches im Leben weiß ich dich und deine Sprüche leider erst jetzt richtig zu schätzen und vergieße leise beim Schreiben einige Tränen im Gedenken an dich!

Kann man Jesus mit einer Schinkenplatte beleidigen?

Nach dem Eklat hatte ich mit so manchen Regeln gebrochen und mir einmal an einem Freitag eine herrliche Schinkenplatte bereitet! Sie war wunderbar und schmeckte lecker. Es kam kein Blitz, der mich in zwei Teile schlug.

Kann man überhaupt Jesus mit einer Schinkenplatte am Freitag beleidigen? Ich hatte für das Essen gebetet, wie für eine Fisch- oder Mehlspeise und war Gott dankbar für das, was er mir, wie jeden Tag, bereitet hatte.

Pfaffenmilch, die „genießbare" Variante und meine Hoffnung

So liegen also im Moment die Dinge. Bekanntlich stirbt die Hoffnung zuletzt. Und das ist in meinem Fall die Hoffnung, einen Mann zu finden, der die ganzen Wirrnisse des Lebens kennt und der sich traut, mit mir einen festen Bund einzugehen. Dieser Bund muss allerdings nicht zwingend in einem Marmorsaal im Schloss Mirabell in Salzburg geschlossen werden, wo seit kurzem auch Homoehen stattfinden (allerdings nur dienstags – wie gütig).

Nein, es kann auch in meiner Geburtsstadt Alzey sein, denn da gibt es auch die „genießbare" Pfaffenmilch, einen leckeren rheinhessischen Rieslingsekt und man kann sich außerdem zum Wunschtermin trauen lassen, ohne dass sich andere gestört fühlen, so dass man eine separate Personaltreppe benützen müsste.

Vielleicht bietet man ja künftig auch Besenkammern in irgendwelchen städtischen Gebäuden zum Vollzug von Homoehen an. So bleibt mir nach wie vor die Phantasie, mich in meinen Träumen in einer Welt von Rosamunde Pilcher – oder Markus Enders – auf diesen noch fernen Mann zuzubewegen und weiterhin auch meinen Glauben zu praktizieren. Auch, wenn das in meinem direkten Umkreis nicht mehr im Ritus der Tridentinischen Messe möglich sein wird.

Resümee

Aufregen, geschockt sein, fluchen – das ist mir alles zuwider. Ich bereue nichts! Ich hatte eine sehr schöne Zeit und sehr viele schöne und erhebende Momente im Schoße der Heiligen Mutter Kirche und war immer, oder besser gesagt meistens, innigst an den liturgischen Feiern beteiligt. An der Grundstruktur meines Glaubens hat sich nicht viel verändert. Andere Prioritäten habe ich gesetzt, ohne mich selbst zu verraten.

Als homosexueller Mensch habe ich genauso das Recht, an konservativen Messen teil zu nehmen, auch wenn das für viele nicht nachvollziehbar ist. Aber ich muss wegen meiner Veranlagung nicht gleich auch unbedingt bei einer schrillen Love-Parade oder ähnlichem Zeug mitmachen. In irgendeine Schublade von Klischees lasse ich mich nicht reinpressen. Ich bin anders, und das ist gut so, Schwuchtel hin oder her!

Der Glaube an Gott und das Vertrauen in ihn und meinen geliebten Heiligen Johannes Nepomuk, sowie eine Menge Humor sind mir geblieben. Johannes Nepomuk wurde geprüft durch die brennenden Fackeln, mit denen König Wenzel ihn peinigen ließ. Versenkt hat man ihn in den Fluten der Moldau. Doch glorienreich schwebte sein heiliger Leib über dem Wasser. Um das Haupt war er bekränzt mit fünf hell leuchtenden Sternen, so hell, so dass das Prager Volk zusammenlief, seinen Leichnam barg und in eine Kirche übertrug.

Er ist es, der mir den Mut verleiht, meine Sache zu vollenden und mein Gott gegebenes Recht auf ein Leben ohne Lüge und Falschheit zu bestreiten. Die fünf Sterne um sein Haupt sind mir Sinnbild für wichtige Tugenden, die sogar den Priestern heutzutage fremd geworden sind: Wahrhaftigkeit, Glaube, Treue, Liebe zum Nächsten und zu sich selbst als Geschöpf Gottes und zwar so, wie er mich oder bzw. uns alle geschaffen hat.

Ich sehe mich nicht von Gott berufen, meine homosexuelle Veranlagung, mit der er mich erschaffen hat als Sünde zu sehen und irgendeinem perversen Priester im Beichtstuhl von meinen etwaigen Vergehen zu berichten, damit sich dieser „einen runter holt"!

Schämt euch alle, die ihr euch versteckt hinter Gesetzen, die nur von Menschen gemacht sind, wenn auch unter dem Deckmantel der göttlichen Intuition und unter Anleitung des Heiligen Geistes. Das ist eine Beleidigung des Schöpfers selbst und nur allzu oft ein Ablenkmanöver von eigenen Verfehlungen, oder auch einer nicht gewünschten Veranlagung.

Wie Thilo Sarrazin mit seinem Buchtitel „Deutschland schafft sich ab", könnte man auch ein Buch schreiben mit dem Titel „Die Katholische Kirche schafft sich ab".

Im Übrigen muss ich Herrn Sarrazin in vielen Dingen, die er schreibt, recht geben, aber in Deutschland ist es wie in der Kirche: Die Wahrheit will keiner wissen und man darf sie nicht kund tun!

Ich bin glücklich, so wie ich bin und danke Gott auf Knien, dass er mir die Erkenntnis zur Freiheit und somit zu meiner wahren Menschenwürde geschenkt hat!

Stolz bin ich auch, deutscher Staatsbürger zu sein und mich auf das Grundgesetz berufen zu können, wo es im Artikel 1, Absatz 1 heißt: „Die Würde des Menschen ist unantastbar". Das sollte niemand übersehen, denn es ist so hervorragend, wie das christliche Gebot: „Liebe deinen Nächsten wie dich selbst"!

Es tat richtig gut, dir, lieber Leser, diese Erlebnisse zu berichten und vielleicht ist dies genau der Weg für meine Aufarbeitung gewesen. Die Kombination, mit meiner Geschichte gleich auch noch die vergessenen, an Pfaffenmilch verstorbenen Geschwisterchen meiner lieben Oma Klara zu Ehren zu bringen, ist mir eine Selbstverständlichkeit, da ich schon immer eine starke Bindung zu den Verstorbenen pflege und in dieser Hinsicht so manches erlebt habe.

Wenn ich hier jemanden verletzt haben sollte, bitte ich um Verzeihung! Selbst wenn der Anschein entstanden sein mag, dass ich da meinen alten Weggefährten Regis durch den „Dreck" gezogen habe, so bin ich mir sicher, dass er es verzeihen kann, da er doch jetzt im Jenseits die Zusammenhänge sieht und besonders die zweite Seite der Medaille, die er doch immer so schön aufzupolieren suchte!

Natürlich möchte ich mich hier auch bedanken bei meinen geliebten verstorbenen Großeltern, die immer einen würdigen Platz in meinem Herzen haben werden. Auch meinem Vater sage ich meinen Dank, denn nachtragend war ich nie recht lange und er ist doch der gewesen, der meinem Leben erst ein reales Dasein ermöglichte. Auch meinen Dank den vielen geistlichen Herren, die hier nicht erwähnt sind und zumindest keine negativen Spuren bei mir hinterlassen haben.

Es waren viele wahre Hüter des schönsten Gutes, das es für mich gibt und für den es auch keinen Ersatz geben kann: den katholischen Glauben! Wenn auch die heilige Mutter Kirche des Öfteren zur alten Hure Babylon mutiert, sich geschminkt und in seidene Gewänder gehüllt verkauft. Das erinnert mich ungemein an Lauren Weisbergers „Der Teufel trägt Prada". Wobei ich mir einen Pontifex mit Hörnern und langem Schwanz sehr schnuckelig vorstellen kann.

Ich hoffe inständig, dass auch die verklemmtesten Menschen erkennen, dass jeder gleich ist, egal welcher Religion, welcher Rasse er angehört, oder welche Veranlagung er hat!

Darüber hinaus wünsche ich mir, dass ich mit meinem kindlichen Vertrauen und meinem geringen Beispiel, das vollkommen unbedeutend ist gegenüber dem meines Heiligen Johannes Nepomuk, so manch einen mit meinem Buch ermutigen kann – egal ob Geistlicher oder Laie – seinen derzeitigen Standpunkt zu ändern und Liebe, ja die berühmte Nächstenliebe bei sich einkehren zu lassen und vor allem und zuerst auch zu sich selbst zu stehen!

In diesem Sinne grüße ich Euch.
Ich liebe Euch ALLE,

Markus Enders

*Heiliger Johannes Nepomuk,
Du Krone der Märtyrer,
Edelstein der Priester,
erhöre uns, befreie uns, heile uns!*

„Tempora mutantur,
nos et mutamur in illis"

„Die Zeiten ändern sich,
und wir ändern uns in ihnen".

Mittelalterlichen Ursprungs, Quelle unbekannt

Lieder zu Ehren des Heiligen Johannes Nepomuk

Ein Beispiel der Beständigkeit ...

1. Ein Beispiel der Beständigkeit, ein Muster der Verschwiegenheit, hast du, o Gott, im Martertod, im weisen frommen Leben, Johannes uns gegeben.

2. In ihm zeigst du die hohe Pflicht, zu halten fest, was man verspricht und lehrst dabei, wie klug und treu, die Führer der Gewissen, ihr Amt verwalten müssen.

3. Es drang der König einst in ihn, zu sagen was die Königin gebeichtet hat. Johannes tat, nach seines Herrn Gebote, nicht fürchtend was ihm drohte.

4. Er schwieg, der König aufgebracht, bedient sich aller seiner Macht, verspricht und droht, doch kein Gebot kann Sankt Johannes beugen: Er harret fest im Schweigen!

5. Und weil er standhaft nichts bekannt, so lässt vor Zorn und Wut entbrannt, der König ihn, nach Johannes Müh`n, des Königs Herz zu lenken, im Moldaufluss versenken.

6. Des Priesterstandes Ruhm und Schmuck, bist Du Johann von Nepomuk! Dein Nam` ist groß, beglückt das Los, das jenseits dich geleitet, wo dir dein Lohn bereitet.

7. Erhör, o Gott, wir bitten Dich, den treuen Diener gnädiglich. Und wenn er fleht, lass sein Gebet, im Himmel und auf Erden, durch dich gesegnet werden!

O Sankt Johann von Nepomuk …

1. O Sankt Johann von Nepomuk, glückselig ist dein Mund, der uns gelehrt trotz äuß`rem Druck, die Liebe machen kund. /: Ohn alle Wehr, für Gottes Ehr, auch in der letzten Stund :/

2. Kein Schmeichelei dich ändern kann, kein Drohung bricht dein Mut, das Beichtgeheimnis du als Mann, nimmst mit in Stromes Flut. /: Der Flammenschein in Todespein, zeigt deine Liebesglut. :/

3. Dein Zeugnis groß im Tode war und das hat Gott geehrt; dreihundertsechsundzwanzig Jahr, dein Zung blieb unversehrt. /: Verschwiegenheit trotz Kampf und Streit, das macht die Tugend wert. :/

4. So nimm mein Zung in deine Hut und lehr mich lieben auch, dass ich Dein Zeugnis bis auf`s Blut, beim Reden halt im Aug. /: Aus lieb zu Gott, in aller Not, bis zu dem letzten Hauch. :/

5. Dort schweige nicht, o Sankt Johann, Blutzeug vom Moldaufluss! Fang du für mich zu reden an, bring mir den Friedenskuss. /: Im Himmelreich, den Engeln gleich, zum ewigen Genuss. :/

Abspann – die lustigsten „Vertipper" in diesem Manuskript

Es gibt Filme, bei denen man im Abspann noch die lustigsten Pannen während der Dreharbeiten betrachten kann. Nur so weiß das Publikum auch, dass so ein Dreh auch Spaß machen kann.

Auch dieses Buch ist nicht pannenlos über die Bühne gegangen. Zum einen hat meine Hochstelltaste nicht funktioniert, wie sie sollte, was eine eigenwillige Groß- und Kleinschreibung zur Folge hatte. Zum anderen habe ich mich einige Male so schön vertippt, dass sich meine Lektorin und ich vor Lachen die Bäuche halten mussten. Hier also die Highlights der ersten Stunde. Wäre es Ihnen gleich aufgefallen?

Meine Freundin und ich übernachteten in der Hochzeitssweet.

Manche Priester wären besser in einer schwulen WG aufgehoben.

Der Schamane bearbeitete meine Schakren.

Omasche füllte alle Gefäße an der Regentolle.

Den schielenden Löwen gab es nur bei Dactary.

Er musste sich entschuldigen, was ihm sehr schwer viel.

Mein Freund Reginald hatte immer Kirchwasser in seinem Flachmann dabei.

Die Gottesmutter Maria war eine unbeleckte Jungfrau.

Mit dem Mut einer Löwin
Der lange Weg nach Hause

Roman von Daniela Brotsack

Die 27-jährige Laura, von Bürojob und Freizeitaktivitäten gestresst, sehnt sich nach Ruhe und Erholung und hat sich deshalb Urlaub genommen. Sie startet mit ihrem Pferd Arwakr bei wunderschönem Herbstwetter zu einem Ausritt in ihr geliebtes Altmühltal. An einem idyllischen Fleckchen in der Nähe des Örtchens Essing gönnen sich Laura und Arwakr eine Rast. Plötzlich treten Kaufleute aus einem längst vergangenen Jahrhundert in Erscheinung und ziehen an ihnen vorbei. Wenig später begegnet Laura einem geheimnisvollen Ritter, der sie auf sein Gut führt. Die impulsive und unkonventionelle Laura nimmt all ihren Mut zusammen ...
Eine packende Reise in die schillernde Welt der Feudalherren im Altmühltal – auf über 250 Seiten knisternde Spannung.

Erschienen bei Books on Demand GmbH, Norderstedt, ISBN: 978-3-8370-0308-6

www.mit-dem-mut-einer-loewin.de

Welche Texte auch immer Sie verfassen, bei mir ist

Ihr Wort in besten Händen:

eXLIBRIS-D

Korrektur-Service für deutsche Texte

Meine Befähigung: Schriftsetzermeisterin, Fachfrau für Werbung und DTP sowie Fachwirtin Medienmarketing.

Berufliche Expertise: Ich greife für Sie auf einen breiten Erfahrungsschatz aus über 20 Jahren Praxis mit diversen Anstellungen bei Druckereien, Medien- bzw. Marketingunternehmen und einer mehrjährigen Tätigkeit als freie Mitarbeiterin einer Tageszeitung zurück.

Zusätzliches Fachwissen: Durch mein Engagement als Buch- und CD-Autorin sowie persönliche Business-Einblicke über meine freiberufliche Arbeit, kann ich Ihnen bei umfangreichen Themen rund um Ihre Drucksachen kompetent zur Seite stehen.

Daniela Brotsack, www.exlibris-d.de

PFAFFENMILCH

Die Sonderedition!
Stoßen Sie an mit dem Sekt zum Buch

Bestelladresse:

Weingut der Stadt Alzey
Schlossgasse 14
55232 Alzey / Rheinhessen
Tel: 06731-8238
Fax: 06731-993503
E-Mail: info@weingut-alzey.de

www.weingut-alzey.de